中公文庫

魔　法　飛　行

川上未映子

中央公論新社

目次

魔法飛行

すべてが気分のことだもの

悲しいという言葉と、悲しい気持ちが、むすびついたはじめてのときのことを思いだそうとさっきから旋回しているのだけれど、この春じゃどうも見つからないみたい。

高熱をだすと必ず見てしまう夢には理由はない。毎日がどうしたって憂鬱《ゆううつ》なことにも理由はない。罪悪感にも、緊張している両手両足にも、もっともらしい謂《いわ》れはない。誰かがそれはこうだよ、そういうことだよと懇切丁寧に教えてくれる物語にはうしろに隠された彼らに都合のいい野心があって、それにいちいちかかわって彼らを応援してやる必要もまったくない。ぜんぶが気分のことだもの。

春の日も釣瓶落とし

しかし昨日は仕事で伊勢に行ってきたので、そこでは色々なものを食べました。伊勢海老は食べなかったですけれど、特産的な肉を食べ、そのあまりのやわらかさに、嚙む歯が止まりました。やろうと思えば飲めるほどのやわらかいお肉で、それがあまりにもやわらかく、またおいしいので、やわらかくておいしい、ということのつながりというか、意味みたいなものがわからなくなってきて、やわらかさとおいしさというものがいったいどのような関係にあってこのような感覚をこの舌と気持ちにもたらすだろう、なんてことを思いながら食べました。やわらかいがいったい何だ、というくらいにやわらかく、とまあ、やわらかいやわらかいとうるさいわたしではあるけれど、本当にわからなくなるのだよ。以前、哲学を専攻している友達がいっとき「味の哲学、味の哲学」と連呼していたのを思いだして、そのときは、ふうん、なんてなんとなく聞き流していたけれどこういった不思議と関係するのかどうなのか、しかしそれはきっと、わたしが思ったような感想的なことではなく、もっと複雑でもっと、一般的に議論されうるようなものなんだろう、と思いながら口を動かす。おいしくて、だんだんと気持ちが暗くなってくるほどにおいしくて、それはほんとうに舌以外の場所のぜんぶが暗くなるくらい。完全に、必要以上のおいしさ、というか、そういうのにずるずると足を引きこまれてゆく思い。わたしには、まあまあおいしい、ぐらいのものがちょうどよいような気がする。

耳と目の今にも消滅する機会

テレビをほとんど見ない、という人がいて、そういう人が「テレビはほとんど見ません」とわざわざ発言すると、それに対して「なんだかテレビを見ないことが偉いと思ってるように感じる」「テレビを見る人を馬鹿にしているように感じる」とかいう感想をもつ人もいるみたいなのだけど、これはりょうほう、わかるよねえ。わたしはほとんどテレビを見ないけれども、理由のひとつは新聞にあった（ある）ような、テレビ欄に相当するものを持っていないから、端的に、狙って愉《たの》しむことがむずかしいのだよね。把握していないと、連続して愉しむことがむずかしいじゃないですか。あと、最近のテレビはブツとして単純に複雑になっているので、たとえばこのテーブルのうえにはリモコンが数個あり、どれがなんのためのどれなのかがまったくわからないので、結果、家人しか的確に使用することができないので、ひとりのときは必然的にテレビは常に黒いままになる。まえに、一度、これかな、とあたりをつけたリモコンで電源を入れたことがあるけれど、青い画面からいっこうにうごかず、わからないからどのボタンも押せないので、きわめて困難、とにかくテレビは難しいという気持ちがわかる。それに、やっぱり少しくだらないのではないだろうかと感じる気持ちもたしかにある。まあ、テレビの中の出来事を総じて「テレビ」とひとくくりにするのも問題だけども、それでもやっぱり聞いても聞かなくてもどちらでもかまわないような話やどうでもいい内容をつけっぱなしにしたままでは耳や目にいらないものをどんどんつめこまれてるような気がして不愉快、というのもありますねえ。スピードにもついてゆけないし。情報量も多いのか少ないのかもわからないし。でも頭は確実に痛くなるし。知り合いの家に行ったときや、どこかしこの待合なんかでこういう、ずーっとつけっぱなしのテレビがあって、という機会があるけれど、これのどこが愉しいのか、ちょっとわからないよな、と思うことはよくある。

しかしその愉しさをわからないのは彼らではなくわたしのほうなので、そういう機会のときには、わかるかもしれない可能性を期待しつつ、ちょっと無理してでも画面を見つめ一生懸命に見ることにしています。そのわからなさを棚にあげて「こんな低俗なものをよく愉しめますね、せせら、せせら」と揶揄《やゆ》する人も多いだろうから、先述したような攻防がときどきあるのだろう。もしテレビがわたしにとって本を読むくらい手応えと実りのあるものになれば、いよいよ家から出なくなるだろうことは必至。ちょっと真剣にテレビを見てみようかという気持ちにもなる。でもむずかしいんだよねまじで。テロップとか。音とか。

春の日はもっと釣瓶落とし

先週は、柴田元幸さんの地元で恒例のうどん会。みんな、仕事が一段落して、春の会と相成りました。メンバーは翻訳家の小澤英実さん、歌人の穂村弘夫妻と、『モンキービジネス』の編集者たち。柴田さんの家のほうへゆくときと、羽田にゆくときにしか、京急線には乗らないけれど、おなかいっぱいうどんやほかのものをいただき、駅で帰り、品川ゆきの電車を待っているときに通過した快速だか特快だかなんだかの、そのあまりの速さ、速さというか豪速というか轟音というか、あんなになる必要はどこにあるの、と逆ギレしたくなるようなものすごさに震えていたら、穂村さんが「さすが赤い稲妻だね……」と小さな声で何度か言った。なんですかそれ、ときいたら「うん……有名なんだよ……京急の電車は速くて……」とこれまた小さな声で、そしてなぜなのか、ちょっと嬉しそうに言うのだった。うどん会では翻訳とテキストについての話をたくさん聞く。柴田さんから『ジョジョ』よろしくスタンドが出て、穂村さんからもスタンドが出たような、そんな感じだった。才能と励ましと告知、関係と摩擦などについていろいろ話す。

二〇一〇年の二月は去年会えなかった人たちと会って言葉と言葉でふうふうと埋まってゆく、全体としては春の日も釣瓶落《つるべお》とし的な日々。

とけるような甘い限界

ただいま朝の五時半を過ぎたところです。これを読んでくださるときは、自動的にみなさん起きてらっしゃるでしょうけれども、たったいまは、おおかた眠ってらっしゃるのでしょうね。昨日は、今日は、どんな一日？　ふつうの、なにか、いいような。わたしは本を読んで、ふたりと電話で事務的なやりとりをして、眠気になんとか耐えて、それから髪の毛をさわっていたら眠れなくなって、こんな時間。

ひっそりとした時間に、誰に向けて書いているのか、こんな真夜中、懐かしい濃紺、いつだって捗《はかど》ってしまうものはなんだろう。こんなときこそそれは努力、であってほしいけど、どうやらそうでもないらしく、ただひたすらに指先で、髪の毛をさわっているだけのこんな明け方。もう空が白んでる。

今日もというか昨日もというか一日家から出ないで済んで、家がとくべつに好きな場所でもなんでもないけど、家から出ないでいいと決まっている日はなんとなく気持ちが穏やかだ。家族からのにぎやかな連絡だって、なんだか遠い昔の出来事のように錯覚してしまうときもある。わたしは引きこもったことはないけれど、部屋もあり、食べ物もあり、あとは自分の人生への期待やそれなりの葛藤をチューニングできたなら、きっと家から出ない人生でもあったはずだなとぼーと思う。休みの日に、どこかへ出掛けて何かを見たり、何かしないととても勿体なく感じる人が、わたしのまわりにはとても多くいるのだけれど、それはわたしのように休みこそ動かないで過ごしたい、眠って過ごしたいと考える人間が知らない時間の大切さを知っているからなのか、それとももともとの性質なのかな。しかし、書き物の仕事のように、思念と行動がもろに仕事に反映されてしまう、いわゆるオンとオフと呼ばれる境界のないこの文筆の仕事につくまえから、——この時間を売ってわたしはお金を稼いでいるのだとしか思えないような仕事をしていたときから、休みの日はじっと動かないでいるのがすきだった。というような、そんな懐かしい話など。

昨日は、お料理番組で、手羽をうまく煮る方法、というのを見せてもらった。画面を見ながら五回ほど唸《うな》る。肉が鍋に到達するまでに、骨、であるとか、身、であるとかの部分をトースターでこんがりとやき、酒につけるのが、肝心なのだそう。感嘆。じゃがいもとにんじんは皮をむいて面取りをし、こんにゃくは麺棒みたいなので渾身に叩いて、切り分け、手綱にねじってからさらに湯通しをし（ぶくぶくと沸騰していないと、駄目なのだって)、調味料の入ったボウルがいくつもいくつも登場して、何時間でも煮込んでやる、ああこんなの、一日かかってしまうじゃないか！　と気がつけば声をだしていた。弾《はじ》かれて、苦しくなって、テレビを消す。それが飲食店であっても、あたりまえに食卓に食事がならぶと思ってはいけないような、そんな気がした。いまさら。

それにしても趣味がない。趣味はなくてもよいのだけれど、眠る以外のことがしたい。運転免許をとろうかな。家に車はあるけれど、きっと一度も乗らないだろう。不安な仕事が山積してる。ありがたいことだと思うけど、なにかがちょっと間違ってるような気もしてる。なにかが偏り、なんらかの変調をきたしてる。それが体調に出てるようなそんな情けない始末。東京にいると、必然的に人に会う機会が増えてしまうし、断るのにも余計な理由と心配がどうやったってからんでしまう。人に会えるのはそれはそれで嬉しいことだけれど、そのことで肝要なバランスを崩してしまっては意味ないことになってしまう。どこか遠くへ。行くべきだろうかどうなんだろうか。なんてことを毎日毎日夕方四時頃には決まってしんしん考える。場所が変わってもすることはおなじなのだけど、環境はかなりのちからを持つから、そこにどんな作用があるのか、行ってみなくちゃわからないし、油断ならない。小説や詩や創作のことを考えると、生活を今一度あらためる必要が、どうやらとてもあるみたいで、だからみんな人に会わなくなって、仕事を一生懸命するために、外国や郊外に越してゆくのかな。
なんてこと、食の話と、関係ないね。

砂漠、名古屋、銀河、いかが

朝日が覚めてみると（朝じゃなくても）世界は真っ白でぴっかりだ。何かを試してるみたいないっさいの影のなさの中に男女数人がテニスなどして動いているのを見る、額も手の甲もすべてまんべんなく暑いだろうねと声をかけようにも数百メートルも向こうだからわたしは思うに留めておくよ、右手はスノードームをひっくり返してハロー世界は吹雪の最中、こちらはとても吹雪の最中。

わんわんと響きしくしくと垂れ、シーツに湖をつくるもの。暗い部屋で輪郭をうしなってゆく足の指さき、消えてゆくと思うもの。ああ、と思えば頭痛に転じてこれだからなあ、悲しみというのは何度出会っても遠慮がないと思うのだ。グリーンのスカート捨てるか悩む。クリームのブラウス燃やすか悩む。それからできたら名古屋に行って、お店をしてるおともだちにこんにちはって挨拶してから色んな話、したいなって眠るまえにときどき思う。とても穏やかでとてもよいものだけでつくられたようなそのお店がわたしはとてもだいすきで、チェロとわたしで数年前に歌をうたって詩を読んだこと、親密で親切で親切で親密な距離と愛情とがまじりあってなんだかわけもなくさみしいときは思いだす。

いつだったっけ、ちからの限りに走ってるとき、胸がざっくり切りひらかれてそこから銀河が流れ出したの覚えてる、銀河は砂漠へ、砂漠は世田谷へ、そして音楽がこの夏の白さのように記憶を包み込んでもう誰からも、どこからも、決して見えなくしてしまうのだ。あの多幸感、あの満ちてゆく感、あごからまるとなって落ちてゆく涙が離れるときのあの感触、忘れがたくて忘れがたい。

もうわたし、ごはんの話していない、これは食のエッセイなのに、食べたごはんも思いだせない、もう何も、思いだせないって言ってみる、思いだせない口から編まれる言葉のすきまにときおりあなたとわたしだけに光ってみせる光があるから、地味で相も変わらずでどうしようもないようなこの鮮やかな難局を、あなたもわたしも乗り越えることができると思うのですがこれについてはいかがでしょうか。

それがけっこう邪魔な日々

いただきものの稲庭うどん風、のものがあったので、お昼はそれを食べよと思い、開封し、作りかた、と書かれた冊子を広げてみると、なんか、つけ麺的に食べるのが吉、みたいな具合でその方法しか書いてなくて、しかしわたしは気分的にアツアツしたものが食べたいのだと思って、よくある感じの湯気の出ているあのうどんをこしらえようと目論んだのはいいけれど、そのようなうどんの作り方がわからない。

瓶に入っただし汁の原液は三倍濃縮という表記で、そうめんの原理で付け汁だけを別に用意するならこれに水を足してうすめるというのはわかるけれど、こう、どんぶりの全体を使って、うどんがひたるほどのスープを用意し、またそれをアツアツにするための手順に不安がありすぎて、とにかく、ふつうのうどんのスープにするための割合と方法がわからない。うどんは茹でてから水で洗ってぬめりをとれ、とあるのでまずは茹でるための湯を沸かして、その横で原液と水を合わせたのを沸騰させた。うどんが無事に茹であがったならば、ぬめりをとって水を切り、そこにアツアツのスープをかけて、たまごの黄身でもつるんと載せれば、なんというかぶっかけうどん的なものになるだろう、とも思いつつ、や、わたしが食べたかったのはぶっかけではなくふつうの、麺がスープにひたった、ふつうのうどんだったことを思いだし、しかし、一度冷水にさらしたものをアツいつゆに投入するのが、なぜか、なぜなのか、ためらわれ、そう、なんかちがうような気がするんです。

でも、わたしはわたしの想像しているうどんを、なんでなのか、どうしてなのか、つくれない。けっきょくぶっかけのていをとることになってしまい、そこに伊勢で買ってきたあおさと海苔とを少々さみしい気持ちになりながらぱらぱらとふり、つるつるといただいたのだけれど、うどんはとても冷たいのにその表面についたスープだけがいやな感じに生ぬるく、舌はどの温度を食べているのか、てんでわからぬ調子になって、つまり、あまりおいしくなかったとこういうことで、や、ほとんどおいしくなかったとこういうわけで、以前、わたしは適度においしいものがわたしには適当である、というようなことを書いたけれど、それは嘘ではないけれど、しかし家でわざわざ作ったものがこのように「適度においしい」という質にもてんで到着せず、食べるだけ無駄だったね、みたいな感じになればいよいよもって気も沈む、うどんも満足につくれぬわたしが悪いのだけれど、つくれぬのだからしかたなく、まあお腹も満たされたことであるし、よしとしたいような、するべきなような、そんな気分。

さて今日はこれから読売新聞の読書委員会で、これは二週間に一度、書評の本についての会議であって、これも何度も書いたように思うけれど、そこでいただく精養軒のおべんとうというのがもうこれ破格のおいしさで、いやんなるいやんなる、とは建前で、ちょっとうれしかったりもするのだけれど、わたしは最近体調不良の気があるから、できればずっと眠っていたいのだけれども、そんなの誰だっておなじだよね。でまあ社会人だし用事もあるしそういうわけにもいかないので、着替えて電車に乗って一時間後には家を出てゆかねばならない、ああ、カーテンに、窓の外にある何か影が映りこんでいてそのせいで部屋のすべてが光ってみえる、というのは嘘であって、一部だけがしっかり光ってみえている、眠くて眠くてたまらない日々。左半身がずっとしくしく痛む日々。肺があるだろう大きな部分が面になって痛む日々。レントゲン撮ってもらおうと思うだけは思っていて、なかなか実現できない日々。顔の後頭部の左半分が重くてつらいそんな日々。鈍器で殴られるようにして眠りがきて、それがけっこう邪魔な日々。

なんたる最終の伝統だろう

朝、ベッドのうえで目がひらいても、それが起きたということにはならないのだから、そこからまた、眠りへもどるか体を縦にするかをいつだって選択しなければならない、などと考えて、そのときにベランダからの様子が晴れているならば、なにか、今日こそはなにか、意味のあることをやってみようと思う、自分にもそれができるのだと、そんなふうに力強く少しだけ、思ったりもするのだけれど、しかし雨だったり低い雲の予感がしたらばこのまま目をつむって、何事も起こらないように、また、起きるかもしれない何かの可能性への味方になってはいけないような、そんな気もしてしまうので、動かないでいることのほうがいいと、誰も何も傷つかないと、生きてる年数が増えれば増えるだけ、そう思うようになってきた、それで、今朝はといえば、晴れていたので、顔だけを起こし、その晴れている光――家々や、てすりや瓦、建物の肌、動くもの、動かないものにのっている光をみてみる、すると、目に光が入ってきて、熱も少し感じられて、そうかと思えば、背中にも肩にも、暖かさがしみてくるような気がして、あきらかに外部からの促進をうけている気がして、そうしたら世界の優位へ一直線で、そうしていれば少しだけ、芯の部分が動いたような、そんな気もする。

毎日、ほとんど毎日届けられる郵便物の向こうに、切手を貼り、そしてその目的を知っている人がかならずひとりはいることを、えんえん封を開けながらぼんやりそんなことを考える、出所も、内容のまったく違うさまざまも、こうしてひとりのいる場所に集められることを思えば、いま現在、行き交う郵便物のことを思う、しかし思うといったって、想像できるのは手紙の束、それを積む車や自転車、そんなものしか思い浮かべることはできないのだし、それは仕方ないのだし、しかしそれらをじっと見つめていると、合わさった紙の隙間から文字がぼろぼろとこぼれて、生き生きと、あるいはとても悲しげに解放された文字たちが、逃げることに少しだけ成功した文字たちが、どこかへ散ってしまうのが見える、好きなように好きな文字とふたたび組み合わさって、弾かれたりもして、とにかくそんなことを続けながら、どこか遠くへ飛んでいってしまうのが見える、そうしたときにはわたしたち、さよならなんてなくていいけど黙って手を振るしかないのだろう。

真っ赤な花が咲いている。咲いてるというよりは生け捕られたまま白い花瓶にたっている。少女をお終《しま》いにしたものはそのために何を終わらせたというのでしょうか、そもそもお終いとはなんだろう、ああなんたる最終の伝統だろう！　知らないものを知らないせいでわたしたち、余計なことばかりを知ってしまう。

春のセカンドインパクト

三月がもうそろそろ終わりに近くなって、四月がくるので、するともうすぐに七月だ、書斎といえば書斎であるような、でもいまはもうほとんどそこでは書いていない、そんな空間の敷居から本がなだれていて、みるたびに溜息がでる、気にしない、気にする、気にしてよい、人間関係とおなじく物関係として、どうにかクリアにしたい、しなくてよい、わからない、こたつをやめて、床のまっすぐさにもどるのはもうすぐ。

人に会う会う、会う。仕事の話。小説家は家で小説書くのが仕事なのだから、なぜ人に会うのかと思わなくもないけれど、これが、なんだかんだと、用事があってしまうのだ。実はそのほとんどのだいたいがメールか電話で済んでしまう（基本的に言葉なので、これで十分なのだよね）のだけれど、美しい伝統なのかしらん、だいじなことは会って話すの国のわたしたちだから、春はなにかと人に会う。ということでごはんも食べる。みんな、おいしい場所やおいしいごはん、行きたいごはん屋、みたいなところがあって、どこもさすがにおいしくて、このコラムというか日記というかを継続して読んでくださっている方はご承知のことと思われますが、おいしいものが出てくるたびに、わたしの背中はまるくなる。幾つ目かのお皿にでてきたものなんて、ちょっと待って（手帳を取り出す）、……白アスパラとグレープフルーツと桜エビと、こごみ、の和え物とかそんなものたち（書いてなかったら一生思い出すことも、なかっただろう）。わたしの食生活がもし個人的な都合だけによって生成するものだったならば、この食材を個別で知ることはあったとしても、この組み合わせには出合えなかったに違いない。なんという組み合わせ。組み合わせ……。

昼、晴れていて、外へ出たら、やっぱり春の匂いがして、むわっとして、でもそれにはもう、ひるまなかった。三十年越しの堂々だ。おおきく息を吸い込んで、やあ春、どうもどうも、みたいな感じで前進して、手を振って歩いて駅まで行った。なんと言っても二月に直撃したあの春のファーストインパクトに比べると、セカンドインパクトはいつだってましに感じるものだから経験というのはありがたい。

33歳のこり5セット

最近は外食がつづき、つづく、そんな日々であって、連載もつづき、つづく、そんな毎日なのであって、真新しいことは何も起きない起こさない、そんな春の日々なのでありました。

朝起きて（ほとんど午前の終わりに近いけれど）、一杯の白湯《さゆ》を飲む、なんていうとちょっと健康に気をつかってるふうであれですけれどほかに飲むものがないから飲んでるだけで飲み終わったあとは少々空しく、まあ飲まなかったらよかったと思うほどでもないけれど、こういうときにぴったりと寄り添ってくれるなにか温かな飲み物をわたしは知らないのが、わたしの生活のなんというか底辺を流れる寂しさの一端であるのだろうなあなどとそんなことを考えたり考えなかったり、そんな塩梅《あんばい》の日々なのだった。

はじめて出版した本、通称『そらすこん』が文庫になって数ヶ月、エッセイにしてはとてもたくさんの人に読まれているらしく、増刷も続いていて、ときどき密度が濃すぎて苦しいんだよというお便りご意見もちょうだいしますが、でもみなさん愉しんで読んでくれていることを知って、わたしはとてもうれしい気持ちでいます。二〇〇〇年代に入ってからの出来事はすべて最近のことのように感じてしまうけれど、二〇〇〇年の出来事は当然のことながらもはや10年前のことなのであって、なんとわたしは上京して10年ということになり、今年は34歳になり、これとおなじだけの時間が過ぎるとなんと44歳になり、生きていればそのときだって振り返ってはまたおなじことをぶつぶつ言っているのだろうと思えば、いったい自分がどこに生きているのか、いよいよ不安にもなるのだった。まあ今を生きていることには変わりはないけれど、10年を1セットに考えると、あと5セットで試合終了なのであって、べつにいいのだけれども、まあ。しかしどうにか生活してゆけるようになったけれど、人類の挨拶みたいになってるけど、ほんとうにまあ時間のたつのははやいもので、人間における、この「時間のたつのははやいもので」という感慨をすべて集めるとどれくらいの大きさ&エネルギーになるんだろうとか思うほどにすべての人が絶えず思っていることなのだろうけれど何もかもが本当なので仕方がないよね。

そんなことを思いながらさっき荷物を受け取りに玄関のドアをあけたら今日は雨が降っていることに気がついて、これが春雨なのだった。だからといって、なら春雨でも食べましょうかということにはならず、カレーなど食べようかなとぼんやり思っているのだけれど、じつはまだもうひとつ待っている荷物があって出掛けられない出掛けられない、何か家でつくって食べるのがよいのだからやはりまたもやスパゲッティ、とこうなるのであって、しかし人生において文章創作以外への情熱がほんとうに少なくなってきました。欲望の減退。というかこれまでにそんなものがあったのかどうかもわからないけれど、人間関係のゆるやかな消滅の予感が無駄に心地よく、これって時期的なものなのかな、それとも当然のことなのかなあ。33歳でこんなだったら、残りの5セットはなんか心静かに生きてゆけそうなそんな気もしていいのだかよくないのだか。

冬の記憶、家の雑感

寒いですね。みなさまいかがお過ごしですか。わたしは本を読み水を飲み本を読み、そしてメモメモ、水を飲み、文章を書き、を繰りかえしてときどきスパゲッティなどを食し、日本の住居の床に座る、それにあわせて目線が下がる、手の可動域が拡大される、そういった常識がわたしの部屋に雪崩《なだれ》を起こしていると認識するに至り、椅子の生活を入手しなくてはこの散らかりからは逃れられないということを知るのであった。

しかし引っ越すとなればですよ、目的は今より広い部屋なのだから自然と家賃も上がってしまい、加わる広さと値段を考えると今の家賃にさらにプラス十万円以上をうわのせすることになり、するとですよ、このままレンタルを続けるとなるとかるく毎月三十万円以上などという金額を支払うことになるわけで、十年生きれば三千六百万円を支払うことになるのだからふつうならここで購入に踏み切るタイミングでもあるのだろうけれど、家ってどうしても買う気になれないというか家を買うって何を買うことになるのかがあんまりピンとこんというのが正直なところであるし、何を基準にして買い物をしてよいのかがわからない。賃貸は賃貸で一過性のもの、仮住まい、とはじめから何となく想定してるから、まああんまりちからも入らないけれど、買うとなったらふたたび売るという手段はあれども一応はそこに定住するという覚悟みたいなのも必要なわけであって、それはその土地や場所やそこに生じる関係に縛られるような感じもあって、そんな一ヶ所に留まらなければならない義務めいたものをしょって生きていくって無理ちゃうの。どこか一ヶ所っていうのがどうも性質に合わないのかしらんなんて書くと、いかにも自分が放浪的であるとか自由型であるとか、なまら漂泊的な人生を生きてきた&生きているような塩梅だけれど、まるでそんなことはなく、わたしは逆の人間であって、一度住むとなかなか引っ越しなどしない、どうしてもというような外部からの要請でもないかぎりほとんど引っ越しをしたことがない（つまり「そろそろ引っ越ししよっかな！」みたいな発想で動いたことがないしこれまで住んだ家は実家を入れて現在で四つめ）というそういう具合であるのだった。

生きているほとんどが家にいるし、打ち合わせとかで家から出るのが厭《いや》だから少し余裕のあるところへ引っ越せば編集者に来てもらうこともできるし、……なんか書いてると本当は家を買う、すなわち定住にじつは向いている人間であるような気もだんだんしてくるけれど、しかしなんでこうも気が乗らないのだろうな。食はもともと興味はないしちょっとこわいし。家をぼんやり思うとき、それは株とか確定申告とか裁判とかそういうのをひとまとめに面倒臭いと思う気持ちとなんだか似ていて、あれこれついてくるなんとか税とかローンとか名義とか銀行とか固定なんやらとかあれがどうとか、そういうものに一滴たりともかかわりたくない、この億劫《おっくう》はそういう意志の現れなのではないかとも思うのだけれど、けっきょくこの賃貸のマンションでひきつづき暮らしているというのがあと数年も、十数年も、気がつけばここでなんだかこれがこのまま続いていくようなそんな予感もするのだった。とまあこんなことを考えながらですよ、しかしわたしは一日をどのように生きているというのだろう。というのはこの日記の冒頭に書いたように、わたしは本当にそれだけけして生きているわけであってそうなのだよなあと改めて思うと脱力しきり。

しかし小説のことを考えると少しだけどきどきして眠い中にも興奮が盛りあがってくる時期で、こうなったら今すぐにでも書いてやろうか！　五十枚くらい！　みたいな気持ちになるけれど待って待って、このもったいない気持ちをもっともっと溜めてから！を繰りかえす、そんなうきうき事情もあるんであって、書くまではなんだか恋愛しはじめのような頬を赤らめる感じもあるのだけれどそれもつかの間、書き始めるとすべてが煉獄《れんごく》に様変わりし、ベッドからでられない、消えたい、字など読めるか書けるもんかの編み込みに宇宙が包まれてなにがもったいないことがあるだろうか、こうなったら担当者に明日にでも廃業を告げるしかない、しかし約束は社会の掟&言語の残酷な機能そのものであって、やるしかないのであって、でもわたしもうダメなのだ最初から、こうなったらおろろんおろろん謝って、や、でもなんで謝ることがあろう、おまえは書くことしかないのだから無理でも何でもやるんだよ、ひとつ死ぬ気で（死ぬ気って……）、できません、できろ、を無言のうちに繰りかえすシーツの皺《しわ》に寄せては返す、とこういう具合になるのが今からわかってるから、これからさき、四月五月とやってくる執筆まじで煉獄編、いったいどうしたらよいのでしょうか。

さて今日は冷たい雨の降る中を夕方から外出という信じられないミッションがあるのだけれどこれまた信じられないことに、いいいい池袋まで。待ち合わせの六時四十五分にわたしがそこに到着しているだろうことが信じられない。七月に小説できあがってるだろうなんてのも信じられない。池袋へは東京芸術劇場へお誘いいただいた『農業少女』を観劇しに。いやでも今日はなんかすごく寒くてさっきベランダに立って外を見てたらもう冬か、なんて真剣に思っちゃって一瞬の長いあいだ季節の来し方行く末がまじってぐらついたぐらついた（そしていま夜、帰ってきました）。いまが続々更新されるいまなのだった、おそろしい。

地獄でグナイ

じ、地獄の季節がやってきた。小説の、執筆です。とはいってもこの地獄は私にとってだけの地獄なので、こたつから首を出して、あるいは布団から顔だして世界をみやればいやんなるくらい平和が満ち満ちしてるのだった。

どうせやらないといけないのだから早く書き進めればいいのになあ、とご飯など食べてるとき思うのだけど、まったくそんな気になれないで人の本ばかり読んでしまうのだった。イアン・マキューアンなどを読むと自分がとても規則正しい時計仕掛けのカチカチしたあれこれであるような気がして静かに興奮しちゃっていっそう物なんて書きたくなくなってああもう今年は『ブラッド・メリディアン』も『エクスタシーの湖』もあったことだしこれに加えて『火山の下』、これを読んでれば年内はもういいのじゃないかと思ってベッドでぐずぐず、あんまりよろしくない反応。書きたくない話にもどると日本でいちばん有名なある作家はもう書けすぎて書けすぎて記述が内容と情熱に追いつかないんだよね的なことを言ってたような気がするけど、そういう状態になれる薬はどこかに売っていませんか。詩を書くときはそういう感じになるのですけど小説はなんか、長いんだよね、だいたい。当然だけど。

それでもお腹は減るのでご飯は食べて家で食べる分にはいつもと寸分狂わぬメニューを消化しているのだけど、このあいだ外食したときある小さな変化というか発見があった。それは出された食べ物だけのせいじゃなくて、内装とか雰囲気によるものが大きいのだろうけれど、とにかく頼んだものがことごとくチープというか彩りがなくてもちろん全然おいしくなくて、そのときに「……もっとおいしいお店にすればよかったな」って心の中ではっきり自発的に思ったことであるのだった。これまでにもそんなにおいしくない、はっきり言ってまずいお店というのは数限りなく体験したことあったけど、そんなときは必ず同伴した人が先に口火を切るので「そうだよね」と相づちをうっていて、なかば冗談にして笑ったりしてそのあまりのまずさに感激したりすることはあったのだけど、そのまずさもなんていうか、好ましい価値ではあったのだ。食べ物にまずいとかそういうことを言うのってみんなはいいけど、この私が言ったり感じたりしてちょっと機嫌が悪くなったりいらりとしたりするってなんか間違ってる……みたいな気持ちがほんとのほんとはあったのです。しかし、先日はひとりで外食して、お店も食事もそんなだったときについに！　私は自然にそんなふうに、いらりとはしなかったけれど、なんだか一回分の食事を「損したような」そんな気持ちを持ってしまった……。そのことに、お水を立て続けに三杯飲んでしまうほどに非常に驚いた三十三歳の春なのでした。

なんでこんなことを思えるようになったのだろうと思うに、やっぱりあれですかね、いいお店でおいしいものを食べる機会が増えたせいなのかなあ単純に。それが知らないあいだに当たり前になっているのかなあ。どうなんだろうか。標準以上のおいしさが価値基準として舌や感情にしみついてしまったのかなあ。でも、これまでおいしいおいしいと思って食べていたものをおいしいと思えなくなった、というのとはまた少し違うから、そのお店のものがマジで超絶的においしくなかった、というただそれだけのことなのかも知れないけれど、いずれにせよこういう場合にあらわれた「損した」概念にもちょっと驚いているわけなのだった。「損」というのは私においては「損なう」とか「し損じる」「出合い損ねる」「損壊してしまった」といった、なんというか常にこちらの力不足で起こしてしまう状態や心理としてしか機能していなかったふしがあるので、堂々と「損した」と思ってしまったのが、なぜか本当にショッキング。そう、得したねえ、はあっても、損したねえ、という感慨をほんとのところで初めて経験したような、そんなどうでもいいショッキングであったのでした。

さて今から仕事……とゆけばよいのだけれど、現在夕方の五時半です。でも意識があっても仕事が進まないこの状態に耐えられそうもないのでいったんベッドに退散することにします。グナイ。

もう一度しあわせに

三軒茶屋で打ち合わせを終えて、何が確実って家に帰っても仕事をしないだろうということだけが確実なので、駅前のTSUTAYAで映画でも借りて観ようかの、などと思ってぶらぶらしても何を借りてよいのかこれがまったくわからない。ここにある一枚につき平均一時間半がつまっているとして、この場所の時間の総体を思うとくらくらとしてよろめきそうになったので棚に手をつき息を吐けば、そういえばわたし、会員でもなんでもないのだったから借りることもできないのよね。

そんな感じで小雨の降るなか気持ちはすっかり冬を待つ秋の風のなかだ。ウン、ウン、ウン、と鼻歌を歌いながら家に帰っておもむろに何かを思い出して『17歳のカルテ』(原作はスザンナ・ケイセンの『思春期病棟の少女たち』)を観る。この映画、好きな人も嫌いな人もいるだろうけどわたしはむろん好きな派で、けれども観るのは五年ぶりくらいかなあ、適度に古くなった映像が(なぜ古くなるのだろうね?)ざらざらしていていろんな時制がぐらっとしちゃう。今回、はじめて特典映像なるものを全部見たのだけれど、こんなのついてるの今までなぜか気づかなかった。撮ったけど採用しなかったシーンを全部見て監督の采配のあまりの的確さにびっくりする。すべて意味のあるよくできたシーンだとは思うけれど完全にすべてが要らないシーンであった。スーパーでスザンナが血におぼれるシーン、ベッドのなかで影の指が枝分かれしてゆくシーン、そして原作のタイトル「GIRL, INTERRUPTED」に呼応する重要なフェルメールの「絵」と出会うあのシーン——このなかのどれかひとつでもこの映画に入っていたらこの作品の肝でぐつぐつしているトーンが狂い、絶妙な分量で感情移入を促すあの登場人物たちのぎりぎりの魅力と気色を損ない、この映画の主題とそれを支えるムードはまったく別のものになっていたに違いない。この映画には一度だけ死体と血が出てくるけれど、それはまったくもって一度でよかった。

この映画のなかで誰がいちばん好きかと言うと、もちろんみんな好きだけど、デイジー役のブリタニー・マーフィ、あるいはブリタニー・マーフィが演じるデイジーがいつだって印象的で見終わったあとに思いを馳せるのは彼女であることも多いのだよね。それは彼女が最近に若くして病気で死んでしまったことも少なからず関係しているのかもしれない。今はもういない人を、写真でも何でも、とりわけ生きていたその時点での現在を思わせる映像などで見るというのは、なんともいえない気持ちになるものだな。生きていたけど今は死んで生きていない、そして会ったこともないアメリカ人のその彼女が演じた女の子は映画のなかで死んでいて、でもそのとき本当の彼女は死んでいないので生きていて、しかし画面のなかで見たあの死に顔は本当の彼女の死に顔にも通じる回路を持っている、持っていた、そしてそれを見ているのは生きていてまだ死んではいない、けれどもいつか死んでしまって生きてはいなくなってしまうこのわたしであるのだけれど。死ぬってどういうことなんだろう。デイジーのことを思うとなんだかさみしい気持ちになってきたので、あのかなしくて素晴らしくて美しいあの廊下の気分でギターをもって頭のなかで「DOWN TOWN」をうたってみた。

奥歯のともだち

これから一ヶ月半、死ぬ気で仕事をやりとげたいので昨夜は豚汁を作ってしまった。

豚汁というのは、はじめに鍋の中で具材を炒める派閥とそうでない派閥があるらしく、わたしが入手したお料理本では炒めレス、だし汁を入れてじかに煮込むという方法でありました。ご家庭によってご贔屓《ひいき》の具材もあるでしょうけれども今回わたしがチョイスしたのは、ごぼう、にんじん、大根、にら&ねぎ、豚肉、こんにゃく、であって、それらをよさげな大きさに切ってこれもついでに買ってきた新しいル・クルーゼ、でしたっけのお鍋に入れて、だし汁をひたひたに入れてお酒も合わせて、煮立ってきたらこまめに灰汁《あく》をとってさらに煮ること十五分。火をとめてお味噌を溶かし入れてにら&ねぎのゴールデンコンビを散らしてできあがりなのだった。いっぽう鶏肉のほうはジップロックに適当な大きさに切った肉に塩こしょう、お酒を入れて少々もんで、そこに片栗粉をまぶしてフライパンへ。火が通りにくいのであまり動かさないようにして念入りにじっくり焼いてゆく。焦げめ狙いのときにアスパラ投入、それで完成。ほたるいかはさっと洗ってわさび醤油でいい感じ。

……テーブルに並べられたおかずをみてわたしは深く感動していた。みんな、ほとんどのみなさんが、これ以上の品数のおかずやごはんを毎日毎日多いときには日に三回も、そんなことをこなしているなんてことにわたしは自分のさらなる無力を思い知ったのであった。ふと見やった流しには粉がこぼれ水浸しになった野菜屑が散乱し、箸はそろわずなぜか洗い物が山積みになっていて、失敗してはならないとあまりに緊張していたために料理をしているときの記憶が希薄だったことを思い出した。一回食事を摂るのに台所がこんなにひっくり返っていては持続できるわけがなく、一回ならさ、それは誰でもできるんだよね。なんだって継続にしか意味がなかったりするからね。なんであれ「出来たこと」の充実ではなくいつだって不足が発光してしまう、わたしはそんな夜でありました。

そしてなぜか、並べられた食べ物をみてもいまいち食欲がわいてこないしなんだか頭もちらちらと痛い。緊張したあとにやってくるあのお馴染みの頭痛なのだった。それに料理のあいだずっと歯をくいしばっていたせいで心なしか顎も痛い。ああ緊張と必死さはいつだって奥歯のともだちであるのだな。

というわけで生まれて初めての豚汁調理だったのですが、味はというとこれがなかなか上手にできて（まあ基本的にお味噌汁なのだけれども！）、鶏肉のほうはよくわかんなかった。しかしおなじ温かいものであっても、出来合いのものと手作りのものの何か熱の入りかたというべきものの違いが少しわかったような気がする。熱の強さが違うというか。熱にも種類があるのだろうか、あると思えばあるんだろうね。

メイキング・オブ・お餅

機械による作業というか、工程みたいなものがすごく好きで、ときどきつけたテレビでそういうのがやっていると食い入るように見てしまう。扱ってる製品は食べ物でも何かの部品でもなんでもよくて、ベルトコンベアとか、液体をちゅっと注入するような銀色の太い針みたいなのだとか、あとは初めてみるそれだけのために開発されたこまごました機能——そんなのを見るのが好きで、どれだけ見ていてもまったく飽きない。

ずいぶんまえにも、蜜柑のかんづめのひとつぶひとつぶのあの薄皮はどうやって剝《む》いているのか、というのをテレビでやっていて、あっと思ってじっと見た。わたしがそういう工程のどこが好きかというと「ああ、ふだん食べたり使ったりしてるあれって、こんなふうにできてるんだあ、知らなかったあ」的な感想はいっさい関係なく、なんか、機械的に明らかに変化するそのものを見るのが興奮するのだよね。だって石鹼とかつかっても、その変化の境目って自分じゃうまく発見できないし。もちろん機械上の変化も細部をみてゆけば見落とさざるをえないところばっかりなんだろうけれど、それでも石鹸の小さくなっていく過程をみるよりはずいぶんはっきりしているものね。

変化そのものを見るのが目的だから、工程の果てにそれがべつに何にもならなくったって平気で——目的があってももちろんいいけど、まあそういう番組って、なかなかどうして一般的に人の興味と熱意をそそるのか、けっこう放送されてるのでうれしいな。

なのでいままで色々なメイキングを見てきたけれど、印象的なのはお餅だった。

いくつかの材料が金属製の臼みたいなのに放り込まれ、こねまわされてのち、巨大な白いかたまりになって、それからローラーみたいなので均質に引き延ばされて、シャワーみたいなのでいっせいに粉をふきつけられて白くなって、これまた巨大なギロチンみたいな切り具で規則正しい四角にいっそ気持ちがいいほどにすちゃっすちゃっと切り分けられてゆく。この段階ではいわゆる切り餅というやつで、それが最後にはかがみ餅のかたちをしたプラスティックの型のなかに幾つかセットで押し込められて、見た目はまあるく、めでたく赤いりぼんをかけられて、そして商品になってゆく、そんなメイキング・オブ・かがみ餅だった。

これを見ながらわたしは「ああ、これはまるで女の一生……」という気持ちになったものだった。

なにでもなかったかたまりは「お餅らしく」切りそろえられ、粉をはたかれ、そしてみんなが求める「かたち」につめこまれて、最後はりぼんをかけられて、とってもめでたいふうに装いを終えたのちそれぞれの「家庭」へ売られてゆくのだ。ほんらいは「変化そのもの」を楽しんでみるのが好きなのに、このお餅のときはわかりやすいのでそんなことを考えちゃったよ。それはちょうどそのとき『乳と卵』という小説を書いている最中だったせいもあったのだと思うけれど、気になったので登場人物である緑子、巻子、そして語り手の夏子と三人でこの番組を黙々と見ているシーンも書いてみた。しかしじっさい物語の中に挿入してみるとこれはちょっと抽象的であると同時にわかりやす過ぎるきらいもあるなと思い、まあわかりやすいのはとてもいいけれど、それならわかりやすさをいっそもっと即物的なものにしようと思ってざっくり消去して、そのかわりに銭湯のシーンを書いたのだった。

小説というのは、というか記憶全般といってもいいけれど、なんだかちょっと不思議なもので、こうして実らなかった部分というのがじっさいにかたちになった部分よりも、ときに鮮明に不意にこちらをノックしてくる場合がある。これはあれね、いわゆるあれね、「君とはたくさんたくさん話をしたけど／思いだすのは君がしゃべらなかったほう／君がしゃべらなかったほう」的世界の、感傷の作法ね。

初夏の生む有無

話はかわって問題は（なんの？）、生きているのか死んでしまうのか——これはけっきょく「生」のなかでの出来事だから、ふたつにあんまり違いはないよね——じゃなくて、重要なのは、生まれてきているのか生まれてきていないのか（いつかの掌編に書いた、生む有無問題みたいなやつ）という点にやっぱりあるのだとぼんやり思う。そしてさらなる問題は、やはりもれなく、これは大変に驚くべきことなのだけれど、もれなく全員が生まれてきている点にあって、いつだって生まれてきていないもののことは扱えない。みんな、あまりにもたやすくなにを生んでいるのだろう。そしてわたしはあまりにもたやすく、なにを生んでいないのだろう。暇だね。

初演にあたって

興味がないなら公園で　隠れたいなら天文学
嘘つきたいなら買いもどし　いまに小さな嵐がくるよ

きらめいてるのは耐久性　双子のうるわし飾りの兆候
満たして工業　波の音　継続音には愛のふつつか
彼も湾も　気のもちよう

誰も失望なんかしていないって
コールコール、コールしてって、非常にコール、してほしい

あなたって貴族的ではさみ的、それでいながら永遠的でいやになる
わたしにだけわかってしまう方法を　首にぐるぐる巻きつける

その日はもうすぐ　その日はもうすぐやってくるから　ゆるして傾き
正しい記事で　桃をうつ

本がこわれて涙がでちゃった
すてきだった夏のこと
深緑だなんてそんなのひどい
愛が愛を意味する場合は、飛び出すよりも左へどうぞ
詩は星と　肩がはずれるほどに振ってみる
でも誰も　驚いたりはしなかった　かるく300年くらい

あこがれ明暗・女王の木材・青い心にあわせて踊る
結果がいつも鋭いために
低音速のこどもたち
息になだれこんでゆくその周辺
全体の　黄身がかったことをやってみたい
うらやましいと思わない

映画やウィーンに昨夜のことは告げたりしない

ハイな起毛・動詞の恋慕・編まれる集会
ケーキ食べよって呼び出して
わたしたち、なんだかとっても色合いね！
すべてはおそらく前方的に示される

まあ！　わたしは断じて……わたしは断じて断じて断じて……！

この世界、ごらんのとおり

少女りぼん

自分じゃめったに買わないけれど、たとえば人と会ったとき、お仕事ご一緒したときなどに、お菓子をおみやげにいただくことが多いのです。マカロンも、一粒数百円する高級チョコも、みんなそういう感じで知ったのです。お菓子というのは、すごいですね。製造過程が想像もつかない、そして基本的にすべての味がうっとりと違って、それでいてそれぞれにしっかりとおいしいのだからなあ、なんとも不思議なものだと思う。

最近はお菓子の箱も、お菓子以上に見目鮮やかで、捨てるのがもったいないなってそんなことを思ってしまうほど。わたしが少女だったころ『りぼん』や『なかよし』の付録の便箋やシールを使うのがあまりにもったいなかった、ああいうことも思い出す。ぜんぶ奇麗にとっておいたはずなのに、あれらはぜんぶどこに行ってしまったのだろう？　たぶん中学生になったころに自然に執着しなくなっていってそれきりという感じなのだろうけど、今頃になって付録のあれこれ、思い出す。しかし思春期というのは乱暴者で、突然にあらたな価値がやってきて、それまでの価値をこっぱみじんに絨毯《じゅうたん》爆撃してしまう。そんな人生の憂き目にあって、可哀想な付録たち、記憶にも残らないほどにあっさりと、捨てられてしまったのだろう。

でもね、大人になったわたしが思い出すのはね、中学生の雑多な気持ちや面倒臭いあれやこれやなんかじゃ全然なくて、少女のあれこれ、無形の無名の、なにもどこにもいつまでも最後まで始まりようもない、恐怖と祝祭が同時にあって、しかしそんなことには気がつきようもないくらいに一生懸命ぼんやりとしていた、そんな頃の、ことなのです。まさに少女。これが少女。りぼんを身につけていても、それがりぼんでなくても全然よかった、そんな頃。フリルに意味もなにもなく、髪が長いことにもあらゆる理由が存在しなかった、そんな頃。

ときに、十代の終わりごろまで「少女」という言葉を使う人もいるけれど（報道も、そうですね）、わたしの感じで言えば「少女」はやっぱり小学校六年生くらいまで。中学生はもう、少女じゃないようなそんな気がする。

ぼくのお母さん

最近、あまり元気がなくて、小説もあんまり書けないから眠っていることが多いのだけど、眠ってもいつかは眼が覚めてしまうから、夕方の、薄暮が降りてくる時間になって、ベランダに出て、てすりに顎をのせて、ぼうっとしてみる。風には、季節の、それから食べ物の、夕暮れの、悲しい感じの、色んな匂いがまじっていて、言葉にしてそう思うとそれだけで涙がにじんでくるのだった。変だね。

下を見ていると、小学生の低学年ぐらいの男の子が、小さな女の子（たぶん妹）と花壇に腰かけているのが見えた。このあたりに住んでるのかな。男の子は制服を着たままで、裸足のままで運動靴を履いてる。ここから見ても、制帽も制服もなんだかくたっとしていて、少し汚れている感じがする。女の子も半袖の薄着に裸足にサンダルみたいなかっこうで、日が沈んだ今はちょっと肌寒いのにな、と思いながら、ぼんやりと眺めていた。

すると女の子が泣き出して、お兄ちゃんはもうすぐ帰ってくるから泣くなと言って慰めるのだけど、女の子はまだ小さいから、ぜんぜん泣き止まない。お母さんを待ってるみたいだった。家がどこかはわからないけれど、家の中で待てない事情があるのかな。少し寒くなってきたから早く帰ってくるといいなと思いながら見てると、女の子はお腹がすいた、お腹がすいたと言って、さらに声を上げて泣く。お兄ちゃんが慰めれば慰めるぶんだけ悲しくなって泣きたい気持ちが増すのだろう。お兄ちゃんも、泣くな、泣くな、あとで何食べるか、考えよ、とか言って、なんとかおちゃらけて元気を出させようとするのだけどなかなか泣き止まず、でもお兄ちゃんのほうが泣きたいのじゃないかと思わせるようなそんなような明るさで、ずっといるのだった。

わたしも、子どものとき、よくあんなふうにお母さんを待っていた。お母さんが帰ってくるとうれしかったな。お腹はすごく減っているのだけど、赤いエプロンをして自転車に乗ったお母さんが見えるとそんなの一瞬で吹き飛んで、うれしくて、おかえりとか言うのもちょっと照れくさくて、それで本当にうれしかったものな。子どもの頃は、色々と大変なことも多かったのだけれど、しかしお母さんはいつもにこにこしていて、気持ちから強く、水道が止まれば探検に行きますとか言って学校に水をくみにいったり、電気が止まれば懐中電灯で怖い話をする夜を演出したり、ほかにもありとあらゆる生活の知恵を結集させて、わたしたちを大きくしてくれた。どの時代であっても女の人が実質ひとりで三人の子どもを育てるのはどんなに大変かと思うけど、でも、不思議だけど、なんとかまあ、やってこれたんだよね。でもこれってさ、戦後でもなんでもない、日本がめちゃくちゃ好景気な最中の話でさ、誰かに話しても嘘でしょと驚かれることもある。話してるほうも、なんだかやれやれと思ってしまう。でも、もちろんわたしにとっては事実で思い出だから、なにもかもがついこないだの出来事なのだし、だから、色々がからまってしまう。お母さんを待ってたこととか、そのとき着ていたタンクトップとか、寒かったり、みんなが子どもで、何かを待ってて、お母さんがいて、布団にくるまるだけでとてもうれしくて、たのしかったときのことや、気持ちなんかが。

そんなことを考えながら、ベランダから小さな兄妹を見てたけど、どんどん薄暮は深まるのに、お母さんは帰ってこない。妹も泣き止まない。わたしは子どもが泣いてるのを見ると苦しくなって、泣かないで泣かないでと思って自分も泣いてしまうから、ちょっと迷ったけれど、外に出て、コンビニでお菓子を色々買って、裏にまわってなにげなーく兄妹からちょっと離れたところで携帯電話を開いたりして誰かを待ってるふりをした。それでタイミングを見て「もう夜ねー」と声をかけたら、全然警戒していなくて「うん!」みたいな返事をくれたので「お母さん待ち?」ときいたら「そう!」とお兄ちゃんが答えて、妹もちょっと泣き止んだ。なのでさりげなーく彼らに近づいていって

「もうすぐ帰ってくるの?」ときけば、わからない、みたいな顔をして「もうちょっと遅いかもー」とか言ってお兄ちゃんが笑った。わたしは「そっか。なあ見てこれ。どうやってあけるんこれ」と言ってちょっと複雑なつくりのお菓子の箱を見せて、お兄ちゃんにあけてもらった。「おーすごい。さすが子ども。じゃあ妹はこっち。これ、あけれる?」と言って、妹もチョコレートの袋を一生懸命あけてくれたので「食べてもお母さんは怒らへん?」とききながら、まあ怒られたらそのときは怒られてくれという気持ちで、三人で並んで、チョコレートを食べた。彼らはわたしの大阪弁が面白いらしく、妹も笑うようになり、いくつか教えてあげた。ふたりともなかなかに勘がよくて、初歩的な「ちゃうちゃう」も「あらへん」も「しゃあない」も、すぐに習得するのだった。それから学校の話とか、色々な話をききながら、お兄ちゃんの国語の教科書を見せてもらったりした。三年生だった。

四十分くらいそんなふうにしていると、向こうからお母さんが自転車に乗って帰ってきた。ふたりとも「おかあさーーーん!」と叫びながら飛びついていって、お母さんはどこかの白い制服みたいなのを着て、にこにこと笑ってただいまあ、と言いながら自転車を止めた。わたしは、すみません、お菓子一緒に食べてました、と頭を下げた。するとお「こちらこそすみません、お姉さんに、ありがとうは言ったの」とにこにこと笑ってくれた。わたしと同じ年くらいの、お母さんだった。子どもたちはお母さんにまとわりつき、そのまま団子状になって、歩いていった。「ほんならなー」とわたしは小さくなってゆく彼らに手を振って、それを真似する子どもらの「ほんならなー」を聞いてビニル袋を持ち、すっかり夜でひたひたになっているだろういつもの部屋に帰って、残りのチョコレートを椅子に座って食べた。

口の絡まり、眠りぎわ

頭の中にある言葉が口から出たときに変化してしまう場合があって、あれって何なのだろうかな。たとえば観たことないけど「のだめカンタービレ」は頭の中ではこのままなのに、発音すると必ず「のだめカンタビーレ」になり、おなじように薬用リップでお馴染みの「メンソレータム」は「メンソレターム」になり、お鍋やフライパンなどの「ティーファル」は「ティファール」になってしまう（これはこれでいいのか）。

たぶんきっと、これは目が関係していて、はじめて情報を仕入れるときに間違って読んでそれが残っているのじゃないかな。で、人が正しい読み方をしても耳はそれに合わせられるのだけれど、口はなぜか目に直結してるという、なんの根拠もない説明。あと、いつも音引きが絡むから、単に口の好むリズムというのがあって、好きなところで勝手に伸ばしているという、こっちのほうがなるほどねといった、そんな感じもするのだったね。

スノードームの頂上の、空気の輪が日を追うごとに大きくなってる。水が減って、いるのだな。野菜ジュースを飲み、本が積み重なっていくように、部屋全体に目に見えないなにかが順調に積もっていくよう。調子よく小説が進んだ日は興奮して眠れないことが多くて、頭の中では完成してしまい、じっさいまだ書き終わってもないというのに興奮はつぎの興奮を連れてきて、次回作、次々回作のシーンや台詞や設定がどんどんでてきて、叫びだしたくなるような興奮が竜巻いて、体がきしむほどになる。で、眠たいのに、眠らなきゃいけないのに興奮してるから部屋をうろうろ歩き回って、水をごくごく飲み続ける。熱が出る。阿呆なことである。そして翌朝はその興奮に疲れてしまってなんだか憂鬱なんだから、阿呆なことである。何しているんだろう。ああ。

一日に多くて十六時間くらい椅子に座ってるんだから、この小説が終わったら椅子を買いにいったほうがいいと思うんだ、ちゃんと長時間座るための体に調節されたやつを。すごく高くてすごいおおげさなかたちをしてるけど、このままじゃ体が痛くて腐っちゃう。友達の家で一度座らせてもらったけど、よくわかんないけど、フィットはしてるようなそんな感じが確かにしたような、そんなような。

わたしは眠ることだけが好きだけど、眠ってるときは意識はないから、正しくは「眠りぎわ」と「起きぎわ」のあのもろもろが好きということになるのでしょうね。そしてこのふたつをくらべると断然「眠りぎわ」のほうが気持ちがいいよね。色んな死に方が

てそうじて、瞬間がいうといくっていなくなってがなく意識がなければ痛みが、なければど、あるとは思うけれど、痛みがなければ意識がなくなっていくという瞬間が、そうじて

あるとは思うけれど、痛みがなければ意識がなくなっていくという瞬間が、そうじて「眠りぎわ」的であるならば、やっぱり死ぬことにはあまり気づけようもない感じがするし、なんかちょっとうれしいね。安らかに、眠るようにしてお亡くなりになった、というのはこういうことで、本人にしたら気持ちいいのかも。「目覚めのない眠りほど幸福なものがあるだろうか」的なことをソクラテスが言ったような気がするけれど、この場合、目覚めがあるかどうかは厳密にいうと重要じゃないのかも。もちろん「目覚めたくなかった」と思う朝のほうが多い世界ではあるのだけれども。そして「眠りぎわ」といえば『ユリシーズ』の最終章、ペネロペイア。わたしもいつか、じぶんの眠りの中に描きこまれた物語を取り出して眠りながらそれを読み、そのどんどん深くなる眠りのなかでさらに言葉を描きこんでいって、それをまた読みながらどんどん深くなっていくようなそんな眠りを眠りたい。

波と夢

窓をあけると波がなだれこんでくる、湿り気とおっくうのかたまりに気を取り直しておはようって言ってみる、返事なし・返事はなし

いずれは死ぬ身・素数たちの孤独・小林秀雄全作品7・雪男たちの国・眠れなくなる宇宙のはなし・エクスタシーの湖・東方綺譚・徹底追及「言葉狩り」と差別・エレファントム・並には勝る女たちの夢・ファウスト・最初の人間・秋日子かく語りき・カフカ短篇集・名づけえぬもの・婦系図

＊左手のちょっと奥に並んでる本を上から順に、そんなに大切でもないような人を呼ぶようなそんな気持ちで呼んでみる＊

これは食についてのエッセイでしたので、わたしがいまから食すのはむろん数百本の

スパゲッティ、数えながら食べてみよう、かけるソースはミートソース、それから飲むのはふつうのお水、フィナンシェとマドレーヌの違いがじつはわかんないままの水曜日

〈……現実世界を出発点にしてじっさいには起こらなかったのだけれど、起こってほしいなって思ったこと、起こってしまえば恐ろしいだろうなっていうことを、想像しながら作りだす架空の世界……〉

↓

　これがフィクションということではあるのだろうなということで、そういうわけで、小説書いてる

○地滑りのような怒りが植木鉢をめがけている、めがけている
×話すことがないならまだしも、話す相手もいないような
○見事に白く、また利口な人々による分析と意見と、ほんの少しうれしい挨拶
◎緊迫があり、怒号があふれ、そこではたしかな血が流れようとしていた

窓をあけると夢が去っていくところ、思い出とかんちがいのかたまりに気を取り直してさよならって言ってみる、返事なし・返事はなし

夢のふむふむ

とても生々しい交通事故に遭う夢を見て、起きてしばらくしてからもどきどき覚めやらずーな感じだった。雨でつるつると滑り、みんなが転び、車もスリップし、交差点で倒れたわたしの目のまえに超スローモーションでひっくり返ったトラックのお腹が近づいてくる。ああ、これまでわたしはどんなふうに死ぬのだろうとか色々考えてきたけど、これか、交通事故だったのかあ！　まーじーで。と夢のなかで感心とあきらめが炸裂し、タイヤのゴムの模様までが見えるところまで来てぴたっと止まった。おおー。夢の中では死なずにすんだのだけれども、じっさい死ぬときってこういう感じになるのかな？　わたしは二度、タクシーの後部座席で交通事故に遭ったことがあるんだけど、そのときはスローモーションとかにはならなかったな。カチッと光が瞬いて、次の瞬間はシューー（出来事が終わったときのおと）という、ちょっと静かな感じだった。べつに気を失ったわけでもなかったから全部が繋がっているんだけれど、ぶつかった瞬間の、ほんの短い記憶は飛んでるのかもしれないな。まあでも、それもこれもあとで思い返す種類のものだから、あのまま死んでたら眠っていて起きないのとおなじだから、まあ、けっきょく世界の支点がなくなるとそういうわけで、あっさりしてるのかおそろしいことなのか、生きてるわたしには本当のことがまったくうまくわかんないや。

夢というのは不思議なもので、なぜ体験したことのない映像を夢のなかであるとはいえ、体験したことのない自分が見ることができるのだろうな。と思ってみるに、たぶんそれってたぶんに映画かなにかの影響なのよね。まえにも、巨大ローラーにくるんとされて、自分がぺらぺらな一枚の生地みたいになった夢を見たことあるけど、あれは内臓とかどうなっている算段なのだろう。見た目的にはトムとジェリー的なあれであるとは思うのだけど。昔はマフィアとかやくざ映画とかをテレビでちらっと見るだけでその夜にはかならず拳銃が登場し、撃ったり撃たれたりというのがあった。これはあれだね、いま流行のチェーホフだね。拳銃が登場したらそれは必ず発砲されなければならない、でしたっけ。だから、基本的に夢って何でもありだと思われがちなんだけど、じつはそうでもないんだよね。やっぱり我々の常識にのっとったかたちで運営されているものなのだ。時間もあるし、物も見えるし。生きてるし、色々。だから六次元の夢とか、想像もできないようなもののことを見ることはなかなかどうしてできないものね。とこう書いて、もしかしたら何か見たかもしれないけれど、うまく思い出せなかったり説明できない種類の夢ってあるじゃないですか、あれってわたしたちがまだ知らないことに何かの拍子にコミットしたっていうことの、なんだか手触りだったりするのかもしれないね。

目覚めた胸にやってくるのは

久々にスーパーマーケットへ行って、野菜コーナーを見ていると見たことのない巨大な袋がぼんぼんぼんと並んであって、手にとってみると「赤しそ」だった。わたしが生涯使うことのない食材であることは間違いないけれど、これってどんなときに使うのだろうと思っていたら、どうやらうめぼしを漬けるのに必須みたいだね。うめぼし漬ける人、いるものね。そんなことを考えながら赤しそをじっと見てたら「……今日はもういいや」というような悲しいような気持ちになって、買い物かごに入っていたトマトひとつを棚にもどして外に出た。トマトを食べたいというような思いなど、思いかえせばなかったのだ。

いくら代替医療には意味もない根拠もない、ただその気にさせるだけ、と言われてもわたしは鍼《はり》がけっこうすきで、何かを信じているわけではないけれど翌日体が軽くなっているのでときどきつづけているのです。椅子に座りつづけるのはかなり体に負担がかかり、今までの人生では懸念どころか想像もしなかったことがつぎつぎ起こる、気がしてる。おばあさんやおじいさんが歩きにくくなる、というのを子どものころはなぜなのか、まったく理解できないとはっきり思ったことを覚えている。手も足もこんなに動くのに。でもまだ初老でもなんでもないけれどしかし壮年ていうのかしらの三十三歳、今ならまったく想像できる。手も足も、動かなくなってしまうよねえ。世界中で動かすことのできるこれは、意志ではなく筋肉の問題が、とても大きかったのだ。

だから適度に鍛えなければ小説を書くこともきっとままならぬことになってしまう。だからみんな走るのだね。昔の作家はけっこう若死にだったから、じりじりと体が滅びてゆくことにそんなに自覚をしなくてよかった。問題はつねに「生」と「死」で、そこに「老い」の余地はなかった。しかしわたしにはいま「老い」がとても見えてしまう。関節に卵子に髪に歯に。胃に爪に脂肪に骨に睡眠に。昨日よりも今日、そしておそらくは今日よりも明日、死んでいっている自分の体の一部のことが、これが本当によくわかる。まだ三十三歳で先が思いやられるね、と言われそうだけど、まったくそのとおりで、なんだか遥かな気持ちになる。目覚めた胸にやってくるのはそういうものすごく余生感。

ようこそ、夏の

子どもの胸とあたまのなかで分解されていた言葉を思うと夏という気がとてもする。たとえば、調子にのるというのは、どこか調子という塀みたいなものがあって、そこに乗ることだと思っていたから、いつかその調子という塀があらわれて、わたしも乗るようになるんだろうと思っていたらすでに乗っていたので注意されていたと、そういうわけで、いまだに調子という字を見ると、灰色の塀を思いだしてしまう。

心持ち、というのもそう。こころのなかに、お餅のような白いものがあるということだとけっこう長く思っていた。「心持ち長く」とか「心持ち強く」とかを大人が言ってるのを聞くにつけ、それが話している相手に対しての何かしらの要求であることは理解できるのだけれども、その要求の相談を、みんなはみんなのこころのなかにあるその白いお餅にしてから発言しているのだと、漠然とそんなふうに思っていた。しかしわたしのこころのなかにはお餅のようなものは見えなかったし感じられなかったので、こころのなかにお餅ができると一人前、くらいにずっと思っていたけど、どれだけ生きてもお餅はけっきょくあらわれなかった。なので七年に一度くらい、白玉あんみつなどを食べるとき、まるくなったお餅をみると失われるまえに失われたかつてのこころの一部をどうしても見ているそれこそそんな心持ちになるのだった。

歌唱、ふたたび

「苺《いちご》はバラ科、バラ科の草本、あるいは少なく、とっても低い木、苺はオランダと蛇と木と夏の子どものたったひとつの大きな名前」

夏の子どもたち

ようよう夏になってしまった。だいすきな漢字の季節、それは夏。わたしは夏に生まれたので、夏といえばスイカとか海水浴とかプールだったけれど、大人になってしまったいまはそういうのがどんどん遠くへ行ってしまっているのが見える。水着も花火も。

でも、まわりで子どものいる友人たちは夏の色々ともう一度出会って、色んなところにでかけてる。子育ては生き直しという面もあって、そんなとき、大人は子どもにもどれる一瞬があるんだろうか。なんだか夢をみてるみたいだ。ビニールプールに入りたいな。ヨーヨーとかばしばしやって、みるくせんべいとか食べてみたい。花火がどうしてあんなに面白くて楽しくて、楽しさにはあんなにきりがなかったのだろう。人生を思うときに思いだすところは人それぞれだろうけれど、わたしは八歳、九歳、十歳が、しあわせというものがあるとして、それを言葉にして使うことができるとして、おそらくほんとうにしあわせな時期だった。子どものころの三年間はなにしろ巨大で、あの多幸感の余波でいまも生きているような、そんな気がしてしまうほどの、今思えばしあわせだった。何にもないからすべてがあって、思いだすのは夏のことばかりなのだった。走りまわって、朝顔が咲き、裏庭、公園、かわいそうでしかたなかった小さな捨て犬たちのこと。ブランコと鉄棒で遊びをどんどん編みだして、いつも汗をかいていた。……冬は、……冬も確かにあったはずなのに、冬のことはなぜなのか、ちっとも思いだせない。子どもたちは冬には何をしていたのだろう？　何を着ていたのかも、何を食べたのかも、お正月のこともクリスマスのこともなにも思いだせない。冬は眠っていたのだろうか。子どもには夏ばっかりが甦る。そんなわけで、子どものわたしのしあわせは、夏にまっすぐに結びついている。そしていままた夏がやってきて、わたしはそれをじっと見る。ベランダのむこうに、匂いに、記憶に、白さに、熱気に、夏がたちあがっている。この夏とあの夏のあいだに横たわるもののことを思ってみると、涙がじわりとにじむ思いだ。どこからきて、そしてどこへいくのだろう？

　そんな夏の子どもたちは今ではみんな大人になって、きっとそれぞれ元気で暮らしているだろう。子どもだっているかもしれない。そしてこんなふうに夏がきて、ビニールプールに水を張り、連れだって夜店に遊びにいくときに、少しくらい、思いだしたりはするのだろうか。どうかな。夏の子どもたち。

ノーサイド

午前中、タクシーに乗っていたら、ラジオから聞き覚えのある音楽が流れてきていて声は松任谷由実、なんだったたっけこの曲は、何を歌った曲だったたっけでも、音が少し小さくて言葉がそんなに立ってこない、そのかわりにメロディーの小波が幾度も立ち、あこの和音、積み、胸をざわめかせる流れというのはなぜこんなにたしかにあるのだろうと、盛夏に白く発光しすぎる行き過ぎる道路や電柱や塀などを目に映しながら、聴こえてきたのは「ゴールをそれた」という言葉。ノーサイド。「ノーサイド」だったこの曲の名前。

タクシーの後部座席にもたれて歌を聴き、甦るこの曲をいい曲だからと教えてくれた、昔の、今となってはもう会うこともかなわない、純ちゃんのことを思いだす。小学生のときから本当に大人みたいな字を書き、早くにお母さんを亡くしてしまって、とてもしっかりとして芯が強く、そしてテスト勉強なんてしなくても前日にノートをざっと見るだけで満点に近い点数をとれてしまうような能力をもった、そんな女の子だった。小学生のときから中学生までうんと仲良く過ごして、色んな話をして、ある放課後の校舎の石段に座って「いまのこれがさ、すごく昔のことになってさ、お互いに元気にしてるかなあ、なんて遠い場所でそれぞれ、思うときが来るのかもね、不思議」と話をしたことをよく覚えている。後ろがすぐ保健室のドアで、正門が見えてて、誰もいなくて、そのわきに黒く濡れた桜の木があって、お尻に伝わってくるあの石の冷たい感じもよく覚えている。

　純ちゃんはラグビー部のある男子生徒のことをすごく好きで、付きあっていて、けれどわたしたちの時代（というかなんというか）は「付きあう」というのはたんに言葉のうえでの「好きあう」以上のことではなかったから、「付きあっている」ということの本質は「わたしたちは付きあってる」ということが自分たちとそのまわりに言葉として知られる以上のものをなんらいっさいもたなかったので、つまりただ、相手のことを好きなだけなのだったけれど、その男の子はキッカーで、よくボールに向かってラグビーボールを蹴っていた。だから純ちゃんにとっては「ノーサイド」はそのまま純ちゃん自身の曲であるようなそんなところもあって、このあいだ見てきた試合の話を聞かせてくれながら、ほとんどこの曲とおなじようなシチュエーションに置かれた彼について聞かせてくれながら、そのときにたぶん、この曲のことも教えてくれたのだった。

町並みをぼんやり眺めながら「ノーサイド」を聴きながら、制服で両手をにぎって好きな人がボールを蹴るところを祈るようにして見つめている純ちゃんのことを考える。そして、そういうふうに恋をしている女の子はなぜいつもよく似た心境になるのだろう。なぜいつもよく似た、よく知っている表情をしてしまうのだろう。それは「女の子は恋をしたら、こうなるのだ」という、たとえば漫画とか少女小説や、ほかの女の子たちのふるまいから受けとって学んだものなのか、それとも自然な、ものなのだろうか。

まだ十四歳だった純ちゃんが、「ゴールをそれ」てしまったその男の子の最後の試合で感じたことや祈ったことや泣いてしまったとき、そしてそれを「つらかったね」とあいづちを打っていたとき、そして「ノーサイド」を教えてくれたあのときすでに、とても、わたしたちは使い古された何か懐かしいものの中に、誰かの感情のふるまいの中にいて、あきらめと少しの白々しさに嘘をついてるような気がしてたけど、ずっと見ないふりをしていたのだ。そしてわたしたちはもちろんそのことをいやというほどに知っていて、だからいつも少しだけ、誰かの疲れを疲れていてしらないあいだにそこから出られなくなっていたのだと思う。

エキストラ・バージン・オイル

最近は自炊の日々であって、おもにきのこを食べています。きのこには様々な種類があって、茹でたり炒めたりなどして、愉快なことです。

一年をとおして食欲はしっかりあるのだけれど、最近は暑いせいなのかそれともまた別の理由のせいなのか、お腹にぐんとたまるものを食べるとなんだか体が、こう、冴えず、そんなだから薄っぺらい麺であるとか、きゅうりであるとか、そして冒頭のきのこであるとか、そういうものを食べている毎日なのです。

そして物を炒めるときには、スパゲッティにかかわらずすべてオリーブオイルにするのがいいのだと料理好きの友人に教えてもらったので、料理別にというほど種類なんてないのだけれど、オリーブオイルとふつうの植物油をなんとなくわけて使っていたけれど、いつからかオリーブ油の一本化がなされています。以前なら、たとえば卵焼きなら植物油だったのがいつのまにかオリーブ油になっている。最初は少しだけ違和感あったのが、舌であれ何であれなにもかも慣れてくるから、では今現在のこの「替えのきかない」感というのはどれだけ信用してやればよいのかそれがわからない、わからない、とこう書いて、信用というのはなんだかぞっとする、言葉だね。

それで、オリーブ油を集中して使っていると、なんだかそこにもふたつの区切りが見えてくる。すなわち「エキストラバージン」と「そうでないふつうのオイル」のふたつであって、わたし、なんにでもエキストラバージンのほうを使っていたのだな。でも、エキストラバージンというのは野菜やパンなどに匂いづけのようにさらりとかけるようにして使うもので炒めるための物ではなく、それにもかかまわず炒めてしまうと、なんだかびしゃびしゃとして頼りなく、加熱するほどに失われてゆく深みというか、間違った結果をいつもほんの少しだけ出してしまうことにわたしは少し前から気づいていた。なので炒める用に、ふつうのオリーブオイルを購入しに出かけたのだけれども、店に並んでいるのはすべて「エキストラバージン」だけであって、ふつうの、いわゆる「ノーマル」が存在しないのだった。日傘のしたは失意でまみれ、てくてくと家路につき、料理好きの友人にその油についての「気づき」についてほんの少しだけ得意げに話してみると、そんな気づき、初歩の初歩だと一蹴された。

さらに友人の言うことには「そうよ、ノーマルのとか、売ってへんよ。でもそのへんで売ってるようなエキストラバージンなんか、べつにいうほどエキストラバージンでもなんでもないから、エキストラバージンってべつに思わんでふつうに使っていいのじゃないの、せせら、せせら」みたいなことになって、なるほどね。たまにオリーブオイルに五千円とかの値がついていたりするのをみたことあるけど、真のエキストラバージンというのが、あれなのね。That's it. しかし「エキストラ・バージン・オイル」という語感はなんだか『ジョジョ』のスタンドっぽくて、しかしどんな効果があるだろう。みんながぬるぬるになってもこれ、しょうがないよね。そうすれば、みんなの体にころころとオリーブの実がなって気分によってぽん菓子のごとくに鮮やかに爆発しちゃうとか、とこう書いて、時節がらこれは剣呑《けんのん》なことであったなあと思わなくもないけれどこのまま生かして、とまれ夏だね。

真夜中の子ども

かねてより甥っこたちが東京へ来たいと言っていたので、さすがに八月にはわたしを苦しめていたいっさいのことに片がついて日常の戯《たわむ》れにふかふかできると思っていて&安請け合いして「いーよいーよ」なんて返事して、「おーす、じゃあ二十三日からね」なんてへらへらしてたらそんなの無理な話であったことが判明して、でも大阪では今からリュックサックに東京行きの荷物をつめて日夜点検をしているのだそう。

「ミエコは仕事の人に山へ連れてゆかれてしまうので、東京にいません。だから、東京に来ても、ミエコはいませんので、すみません」と甥っこたちに伝えてくれと彼らの母、つまりわたしの姉に言付《ことづ》けた。そして数日、気分を害しただろうかな、約束を反故《ほご》にして子どもだと思って無理矢理に融通がきくと思って舐められたもんやで、などとキレていなければいいのだけれどと電話したら彼らはまだまるっこい子どもであって少し淋しそうに「わかった」とだけ言ったそう。

そうなるとこちらの胸も少しだけ、短時間だけしゅっとたしかに痛むのだけれども、まあ大人になっていやだいやだと言いながらも生きてゆかなければならないと思って生きてゆくということは、多かれ少なかれこのように常にのんべんだらりんとぐだぐだなものであるから、まあ総合的に許されよと思って肯《うなず》いていたら、この秋に五歳になる下の甥っこが「っていうか、ミエコは山で何すんのん」ときいてきたそう。「あたらしい本が書かれへんから、お山で書くんやって」と姉。「そんなん、まえの真似したらいいやん」とまっとうというかなるほどというか、そんなような応答があり、そういう甥っこの顔はなんだかちょっぴり悪い顔をしていたそう。

というわけで子どもはなまら可愛いもので、わたしは子どもが大好きである。子どもといれば子どもになれるし、あの目とあの体験にかさなってもう一度生きなおすことができたらこれはかなり素晴らしいことに違いない、とは思うのだけれど、それが自分の子どもである必要がそんなにないのと、やっぱりわたしはもう大人だし、自分が生きているのはこれでしかないし、そしてときどき立ちあがるこの勇気にも似た世界へむかってのポジティヴ感はどういうわけかいつも長くつづいてはくれないせいで、いつまでも、明るい音のしない真夜中に爪をぱちんぱちんと切っては捨ててを繰りかえして、目に見える物の数をとりあえずは数えているのだそう。

王国

少女は誤る
記入しさえすればしあわせで
なんて静かな夜だろう
鮮やかな昏《くら》さに
肺がかがやきだしてしまう
そのほかのことはすべて、邪魔というしかないみたい
最初の夜にして新しいレベルの夜がいる
これから訳す10年間
どうぞどうぞ、こちらへどうぞ

少女は悲しむ
総合いつもがっかりしていて

なぜならそれは宿題を失い、ベッドの下にかくれているから
きわめて魅力的なものわすれ
愛している

少女は苦しむ巨大な8月
王の真夏に
逃れられない禁止それからいいところで促進
それは少女をゆるめて傷つけ役立ちそして
ただちに少女を使用する、いつも正直いつも意図
少女は証明をするようにいつか、世界に言わねばならないだろう
「自らを父であると語るものにこれ以上、耳を傾けてはならない」と

少年も誤る
裏庭にねむっている夜の肩
いつかくる発表の機会は春だから
ぼんやり青い気分に住んで

ひっそりと生存を編む
生存を編む……
10年だれとも話さなかった
あけて木曜
われわれのこの抱きしめの法則がめずらしく道に落ちているのをみる

少年はまどろむ
「引用されません、要求されません、甘い婚約をされません、あなたに嫌がらせをされません、まるくありません、彼は言いません、もっと言いません、反映をしません、英雄のように左手はいつも正しくありません」
「申し訳あります、裁判官に異議があります、弁解の余地も、根拠もあります、申し分あります、所在あります、言いたくあります、こわくあります、とてもあります」

少年も悲しむ
ともだちは週末を支払い、なまけものは瞑想し
父は新聞

形成されない愛みたいなものはいつも
星と星のあいだのような顔をして落ち着いて死にたい
落ち着いて
カーディアン湾やその周辺
それは完全な説明のひとつの祝福

ふたりは出会う
「なにもかも、あなたに会えないことがいつもそれを」

「けれども会いたい人に会えるようではじじつそれも」

「あなたが言うようにあなたはまだ生きていて？」

「わたしが言うようにわたしはまだ生きている？」

ふたりは誤る
「参照してくださいわたしは世界の疲れた世界のために疲れた世界はわたしのために
疲れた世界を……！」
「父を粉々に、王を氷づけに」

ふたりは忘れる
革命の気まぐれときれはしを捨てながら
それぞれの、こころもちを記録して

花火のあとで

最後に花火を意識してみたのはずいぶん前のことだけど、このあいだ、機会があったので、見た。多摩川あたりでやる花火で、そこからは、とても大きく見えた。まるですべての出来事は目のなかの瞬きのようであり、音もよくて、月は動かず、煙だって、なにもかも思い出みたいに消えてゆくその何秒間かを、じっと見つめることを、一時間。

そんなふうに花火を見ていると当然のことながら様々なことが胸をよぎり、ああいうものは、不思議なものだ。一年間とか、それに近い時間とかをかけて、人が人に何かしら喜んでもらおうとしてせっせと何かを作りあげること、大切な人とそれを見にでかける人たち、きれいなものがすきな人たち、花火を見て色んなことを思う人たち、もうすぐ死んでゆく人、これから生まれてこようとする人、子どものころの思い出、消えてゆくものを飲むようにしてじっと見ること、それでも消えていってしまうこと、そんなこともういくらだって知っているのに、けれどもどうしても悲しい気持ちになってしまうこと、確かめようもないけれど、けれどもみんながおなじものを見ようとしていること、ありとあらゆることが、この一瞬にこみあげてきているような気持ちになるから自然と涙だってでてくるし、手のひらがじんわりにじむのだった。

　そんなふうに久しぶりに見た花火は、音をたてて打ち上がって、それから燃えつきる音を響かせて、ゆっくりと濃紺に消えていった。何度も何度も。そして最後の最後、畳みかけるように放たれた無数の大きな素晴らしい花火は、さっき書いた感情みたいなものが立ち上がる時間をあたえないほど、胸にあざやかに爆発してくれたので、いさぎよく、からからとした活力だけをあとに残してくれたのだった。また来年、と思える気丈さ。おかげで花火を見たあとは、ふつうに笑うことができた。

　そういえば、その日に限らず、夏の終わりは花火らしく、このあいだ電車に乗って出かけたときもどこかで花火を催していたらしく駅構内に浴衣姿の人々をよく見かけたのだった。

　みんなかわいらしいかっこうで、きらきらしていて、うきうきしてるのがにじみ出ているのだったけど、すぐ隣から低い声で暗いトーンの男子ふたりの会話が耳に入ってきた。「花火はよ、見るもんじゃねえんだよ。打ち上げるもんなんだよ」「そのとおりだよ」。駅構内にあふれるうきうきをよけながら斜に構えてる感はきらいじゃないのでどんな男子二人組かとちらりと見やれば、どうしてなかなかふたりとも、しゅっとしてかっこよい感じの浴衣を着ていて、どう見てもこれから女の子とすごく花火デートな感じがしたのだけど。

きみは最高の女の子

いよいよ夏の後ろ姿も見えちゃったのでまたもや家を脱出してホテルにやってきています。

あと一週間で小説を脱稿しなければ廃業、みたいな感じになっていて、もう完全に完璧に後がないのにこんなときに限って猛烈に英語のドリルとかやりたくなっちゃう。持ってきてなくてよかったぜ。

朝起きてからウイダーインゼリーを飲んで、連載の原稿を書いて送信して、昼前に近所のおそばやさんに行ってあんまり食欲のない最近だけどあたたかいおそばを食べて、それからあたたかいお茶を飲んだ。いまいる地域はビジネス街だからサラリーマンのみなさんがひしめきあっていてお昼どき、隣り合わせた男性の二人組が「やー、きのうは小林に付き合わされていっちゃいましたよ、二軒も!」みたいなこと話してる内容がいやでも左耳に入ってきて、転がってくる言葉をつなげてみるとどうやら性技を駆使してもらう店に行って非常にべらぼうに楽しんだ、というようなそんな話で、そのふたりの肩越しに窓をみやるとどうしてまだまだ夏は滞在していて、向こうのビル、近くのビル、無数の窓が夏を最後に受け止めていて白く光って、行かないで、あの奥にはたくさんの人がいて、感情が動き、それぞれの時間の流れをこのとき生きてるってそんなこと、ぼんやり思って。

外国語を唇で発音するといい気持ち、脳みそのかたい部分が風を孕《はら》むカーテンにでもなったよう、あああれは最高の女の子、前髪をあげてターバンみたいなものでおでこを出して、僕が十四歳のころにこんな女の子がいたらいい、こんな女の子とずっと一緒にいたいんだと思えたような女の子なんだきみというひとは、というような誰の台詞か感慨かもわからないようなけれどもたしかに知ってる、たしかにそれを知っていると言えてしまう実感が頭にキッとやってくる。あれ、これってわたしいつ思ったことだったたっけ、いつのわたしの記憶だったたっけ、僕っていったいわたしだっけ、たしかに女の子にわたしこうやって言ったんだった、女の子の顔まで思い出せる、トゥイーティーみたいな女の子、こういうことが連続してしまうときに人は前世がどうのこうのと言ってしまいたくなるその気持ちはわかるけれど、それが前世でも平行世界でもなんでもいいけど、わたしが僕であったときが、この世界のどこかに存在していたのかしらんと思ってみれば、手にまつげに財布にベッドに、これが言葉のやつの強いところ、言葉のやつの凄いところ、何もかもを狂わせてどうじに何もかもを本当にして、これがすべてとくるむところ。

誰もがすべてを解決できると思っていた日

作・近藤雪

4時01分「粒子」
彼の告白を自分に向けられたまともな告白だと、そう受け止めることにしたその夕方には雨が降っていた。

4時09分「ふつつか」
とても静かで、騒がしい街の音をけむらせ、何も押しつけるようなところはなかったけれど、それはまるで世界中のどこに行っても誰に抱きしめられたとしてもこの雨からは逃れることはできないと囁かれているような降りかただった。

4時11分「Aであるってすぐわかる」

一ヶ月ぶりに会う彼は、待ち合わせの場所にやってきて右手を小さくあげて見せたときから顔つきがどこかしら違って見え、鞄を隣の席に立てて置き、その上にコートをまるめてのせ、椅子をひいて腰かけたときには最初になんと声をかければよいのか、それよりもまずこの彼に向かって笑いかけていいものなのかどうなのかもわからなくなるほどの違和感があった。

4時17分「学問」

なにごとにおいてもまるで洞察といったものとは縁のない朝子でも、——思えばかなりの時間が過ぎているとはいえ、この目の前に座っている男に、かつてそうしたことがあるように、好きなときに好きなように触れるなんてことが自分にできるような気はしなかった。

4時29分「ENVY」

彼は、彼にとっては誠実にことを進めようとする少しのうぬぼれと後ろめたさから知らないうちに意地の悪い緊張感を漂わせており、ふたりともが思ってもみなかった冷たい声で飲み物を注文したときにそれはふたりのあいだで決定的なものを生んだようで。

4時31分「軌道」

その声を聞いたあと、彼女は目線を自分の手の甲のすこし盛りあがったところに落としてみて、そこにある皺や、かすかに浮きでた血管などをじっと見つめることによって、数ヶ月前まではおなじこの手でこの男の顔や髪を触ったことがあったのだということをはっきりと思いださせようと懸命になったけれど、無駄だった。

4時49分「引力」

けれども、繊細な飾りのついたカップに満たされたコーヒーがふたりに挟まれたテーブルに到着するころにはその努力はなけなしのちからをすっかり失い、行き場をなくしていて、彼女が基本的に彼女自身にたいして根深く持ちつづけているある種類の嫌悪感を束にしたものの中にふらふらと舞いもどってきてしまった。

4時59分「ケーキがこない」

その嫌悪感の中からは、ひと言を交わすどころかまだ目さえまともに合わせてもいない彼は少しでも早くこの場から立ち去りたいように見えてしまったし、じっさいに彼にしたところで、そう思っていたのである。

最大の九月、失意の最中

だんだんと涼しくなってきて、秋になってしまった。すべての真ん中くらいにいるような気持ちで横断歩道に立ってみれば、一年に数度おとずれるあの感じ、これから夏にむかういまは憂う春なのか、冬をめざす秋なのか、それがいっしゅんわからなくなる、きのうもそんな感覚に、そうだ秋だと、言葉をおとす。

もともと広くない家の、それから小さい部屋の床に本が積みあげられてゆく、まるで紙のタイルをしきつめてそれをかさねてゆくようにそんなふうに部屋が厚みをましてゆく。鈍くひびくような腰のおく、豆乳のなめらかぶった舌のうえ、いまこの瞬間にあるものをいろいろ記憶したいけど、足の指が冷えているし、それだからいつもままならない。

小説を書くのはむずかしいなんて当然のことを言ってみる、書いてみる。直感はとてもうごくから、この小説がどうなろうとしてるのか、どういう結実を得るのか、いやでも想像してしまう、そんなまたたきがあってしまう。今日は朝から、自分にもっと技術があれば、自分にもっとちからがあれば、この小説を（ここらへんになってくると物言わぬ子どもみたいな感じになってくるのがあれだけど）、逞しくうつくしく形成してそして世界に送りだしてやれるのに、もっともっとつよく生んでやれることができるのに。このまま処置をまちがえて、わたしはこの子を死なせてしまうのではないだろうか。どうなんだろうか。そもそも孕んだことがまちがいなのだったのか。こんなふうに出産にたとえてしまうことにおぞけがするけど、人はけっこう単純だから、こういう比喩《ひゆ》に、なるのです。小説と人、それが陳腐な比喩であってもなくても生き死にというのはそこにたしかにあってしまうから、直感がつげるその生き死ににがおそろしくて、悔しくて、それからくるしくて、動けない。いままさに死にゆこうとしているのかもしれない小説をじっと見つめることのおそろしさ。死にかけているのなら、蘇生させられるのはわたしだけで、そのことが、じっとしているとこのままどこまでもおそろしいから、本のあいだを歩きまわる。もちろん、この子のしあわせとかこの子のあれこれとか、さらにこの子がどれだけ愛されるのか、愛されないのかは、いち書き手でしかないわたしにはついぞ関係ないのは自明のことではあるのだし、どこまでもその子しだいなのだからこんな心配はとても越権じみてはいるけど、けれどそうとしか思えないような感情があるのも事実だから、わたしは大変にちからを失った。最大の九月、失意の最中。

このエッセイが食べ物のエッセイであることをわたしは覚えているのだけれど、きのう食べたものはなんだろう。今日は何も食べてない。夜もきっと食べられない。空はどこまでも曇っているし、曇ってゆく。いそがしいお母さんがいつも焼いてくれたのは、皮のついていないウインナとうっすらおしょうゆ味の卵焼き。

茎の名前はまだ知らない

　環七にでて、まっすぐ走って、左を二度、曲がっただけでどうして中目黒にいるのだろうの不思議をのりこえ、毛布が津波のかたちになって前方からやってきて町をつぎつぎおくるみするのが見える、聞こえる、それからにぎにぎしいお祝いの、巨大なりぼんが頭のうえで蝶々になって、鈴なりの、ああ人々の感嘆の声が今度はあなたの後方から津波のかたちになってやってきて、すべての人々の胸のうえでぶつかりあう、抱きしめるのと見せかけて、毛布と人々の思い出を支える感嘆の声がぶつかりあう、そしたらそこでいったい何がきらめくだろう、あるいはなにも、きらめかない？

　泣きすぎると頭は痛く、歌いすぎると肩が痛く、思いすぎると足が痛く、思い出すぎると独りになって、薄暮はゆく、あるいはくる、何もかもが青くなって、あまりの青さに笑ってしまう、こんな青、あんな青、黄色だって青になる、何度だって笑ってしまう。

まるいものは積めません、三角のものは積めますね、四角いものはもっと積めて、やわらかいものもまあまあ積めます、ねえ知ってます？　世界にはとても直線が多いこと。世界には、かたいものが多いこと。そして一度も訪れることのない場所がわたしのほとんどであるということを。

あなたの一等すきな言葉、それは「世界」と「思い出」
わたしは少々、ちがっています

するする伸びる茎の名前はまだ知らない、白い瓶の名前もまだ知らない、青い錠剤の名前もやっぱりあなたはまだ知らない、はさみのカーブと親指がそっと相談する場所の名前だってもう知らない、雨の消える場所、雲の生まれてくるところ、ガラスがのみこんでいく光の粉々のことは明日になってもまだ知らない、二度と会えないことの意味、わたしたちも、あなたたちも、きっといつまでだって、まだ知らない。

しかし世界には信じられないくらいにエレガントな音楽が絶えず流れつづけていること

今日は雨の月曜日、あなたがもしこの文章を毎週律儀に更新される月曜日に読んでくれているとするならば、あなたがいるのはわたしがいまいるところからさらに一週間経った月曜日、ってこう書くと、頭に流れるのはカレン・カーペンターの歌う「雨の日と月曜日は」。

聴きたいなと思えばすぐにインターネットでダウンロードをして世界に響かせることができる便利というか、性急さというか。それでもカレンのこの声の、どんなことがあっても真ん中から決して動こうとしない、生きているものを何も焦らせない安定はどうだろう。すべての中央にすえられる、すべての中心に黙ったままで支えている、芯という言葉がぴったりすぎて、自分が消えてゆくようだ。

いままで生きているみなさんとおなじように、人並みに、つらいことやしんどいこと、ふつうの数だけ色んなことがあったけど、今回はけっこう最大級、というような出来事というものは人生には順調さを装って突然に起きてしまうもので、とても悲しいことがあった。

多くの物書きが悲しいことやつらいことの詳細を書かずに結果的に思わせぶりにとどまるとき、なんで核心の部分を書かないのか、いつもちょっとだけ不可解だった。だって読んでる人はなにがあったのかわからないし、もやもやするし、そういうのを読まされても仕方がないような気が少しはしたから。しかしいまはそういうふうに書くしかない気持ちが少しはわかる。詳細を記すこと、そしてそれを公に残すことはやっぱり書くことの本質ではないからで、ならばなぜその感情のうわずみだけを記すのかと問われれば、それはたったいま、その感情のうわずみこそがわたしを支配しているからで、それこそが重要で、それを書くしかできないからだという、とても単純な理由によるもの。書くことは、つまりはうわさの治癒行為？　あんまり好きなうわさじゃないけど今日はどうかゆるされよ。

雨の日と月曜日は誰の心も暗くなる。雨の日の月曜日はクリーニング店の料金は割引かれて、仕事はすすまず、体は沈み、後悔は冴え、わたしの心も暗くなる。

夜はいままで、こんなにこんなに思い合えて、これ以上はないくらいの親しい友人であったのに、ちょっとした加減でその表情はすぐ変わってとてもおそろしい闇になる。

けれどもそんなとき、井戸におりてきた一筋の光のように、そっと目を、ひらかせてくれ、胸を動かしてあたたかな血をめぐらせてくれるものは表現で、わたしは音楽を聴いている。そして、本を読んでいる。この気持ちを半減させてくれるもの、つらい夜の悲しい部分をそっと見えない場所にやさしく追いやってくれるもの、それをつくってくれた人たちに、それがたまたまこのときに、手元にあってくれたことに本当に感謝している。リッキー・リー・ジョーンズの「FOR NO ONE」(何十回も繰りかえす)、ビョークの「WHO IS IT」(あなたをぜったいに落ちこませないのは誰?)、永井均ぜんぶ、ショパンの「子守歌」(まるで光を溶かしたみたいだ)、ジョン・レノン「ACROSS THE UNIVERSE」、そして、阿部和重の『シンセミア』(世界はこんなにもどうしようもないのに、誰も彼も本当にもうどうしようもないのに、しかし世界には、信じられないくらいにエレガントで、生まれてこなければ聴くことも叶わなかった素晴らしい音楽が欲望と叫びと崩壊とともに絶えず流れつづけていることを、そしてそこに「人間」がいる限りそれは決して鳴り止まないのだということを無言で差しだしてくれる)。

空は白い。雨も白い。胸も白く、記憶も白い。その白さは闇とおなじで夜はくる、やがてくる。わたしは今もどこかでおなじようにそうしている誰かのように、うちひしがれてなんとか息をしようとしている誰かのように、おなじように大事な人を失ってしまった誰かのように、態勢をたてなおし、この難局を乗り越えなければならない。死んでしまった人には、もう会えない。

23時21分

時計をみると、23時21分。これまで何回、この組みあわせ、見たでしょう。

ずっとむかし、小林秀雄が講演で話してるのをもちろん録音されたもので聴いたことがあるけれど、百合ゲラー（ユリ・ゲラーの変換まちがい。かわいいね）というマジシャンかつ超能力者的な人のスプーン曲げといった活動がいっとき流行《はや》ったことがあって、テレビに出て、そこから「曲がってスプーン」と念力を送ったらお茶の間のみなさんが手にしていたスプーンまでもが曲がってすごいとか、そういうことがあった。

そういえば、べつの人だったかわからないけれど、誰だか超能力者がテレビで「時計よ止まれ」とこれまた念力を送ったら、これもやはりお茶の間の時計をぴたっと止めるっていうね、そういうことしたらやっぱり一千軒くらいだったかの家の時計が止まった！　電話がりんりん鳴って、すごい！　ってことで、まじだ！　ってなかんじですてきな騒ぎになったことあったみたいだけど、あれって確率的にはふつうに起こることらしいというのも、どこかできいたのです。つまり、それが誰であってもよくってですね、誰かがテレビでどの瞬間に「止まれ」と言ってもそれくらいの数はいつでもちゃんと止まるとこういうわけでありまして、さらにつまり、今も世界中では二千個くらいの時計が常に止まりつづけているということですね。電池切れ、ねじまきわすれ、もちろん数はてきとうですけど、毎秒止まる、止まりの連鎖を連載してゆくかたちも場所も記号もちがう時計を思えば、すこしくらい愉快な気持ちになりませんか？　どうですか？

世界に出回っている時計の数、むすう、むすう。

*

『春は鉄までが匂った』よみあげて、こんなすてきなタイトルもないねって、言ったこと。

芥川龍之介の文章をまわりに貼ってつくった屑籠。ティーシャツ。

父の気がかり。

誰もなっとくできないことは。

うつむきがちなタンクトップ、黄色、青など、七畳の。

あれはなつかしき感熱紙、湖をめぐる短い詩。

思いだす×忘れだす、そこからつぎに、くるものは?

*

一日にはいろんなことが起きて、起きてみればすべて一日、星空とか、ちゃんと見たのって十歳のときに、いちどきり。

雲と綿菓子

今月の最初にあった講演から二週間ぶりぐらいにきちんとした外出。なんとなくちゃんと歩いてる感じがしないなあ、ひさしぶりに転んでしまうかもしれないなあ、なんて思って横断歩道を渡ったりなどをしていたら、わたしがハイヒールを好んで履くのはむしろいつだって転んでけっこうなのだからとそういうわけで、だってかかとが地についている、その面積がほんとにほんとに少ないのだもの。スニーカーではなかなか転ぶことできないけれど、ハイヒールなら、簡単だと思うのだ。

きのう、たくさんの人の顔を見ていたら、みんなすごく人の顔をしているなってそんなことをすごく思った。目は口ほどに物を言うのか言わないのかはわからないけどふたつあり、眉が動き、唇は器用に動いていてときどき大きな小さな歯を覗かせる。そこから結ばれてゆく挨拶の連綿など。鼻は数字の1のように真ん中でじっと動かない。そしてそれがだいたい円のなかでひしめいて、そんなことが起こっている。

それらがわたしにくれるものは、喜怒哀楽とくくってしまえばざつにすぎる四点を行き来するグラデーションと、思い出と。

そういえば、このあいだ講演をしたあとに著書にサインをさせてもらった女性のかたがまるで秘密のあめだまでもそっと手ににぎらせてくれるかのように、顔をすこし近づけて小さな声で教えてくれた。

「川上さん、ドイツ語には、なつかしいって言葉、ないんですよ」

まったく信じられない気持ちでいっしゅんとても驚いたけれど、ぜんぶが思い出すっていう言葉にまるっと収斂《しゅうれん》しちゃうらしい。

帰ったら調べてみようかと思ったけれど、それがじっさいのところほんとでも間違いでもどうでもよくて、わたしはなにかを悔やむようにして実直に歩みを進めてゆく無数のドイツ人の胸のあたり、心のあたりに浮かんだ一切れの雲のような空白を想像する。永遠にやってこない「なつかしさ」。いつか書いたわたしの「戦争花嫁」の反対のことが、起こっている。

「とても困るかんじがしますね」

と答えたら、まったくです、というように彼女は首をふってうなずいた。

「誰かがおつくりになればよいのにねえ」

わたしがつかう日本語で、まだない言葉を想像してみる。それは単純にまだ知らない言葉とイコールだろうか。しかしそれはやはりどこまでも違うはずで、わたしは「ない」言葉をぼんやり思って手をあてれば、胸のあたり、心のあたりに捨てられた、ひとつかみの綿菓子のような空白を発見する。

10月の底

ひさしぶりに九時間眠る。一度も目が覚めず、起きて静かに感動する。

この一ヶ月間はあまり眠れず、あまりなにも食べる気がせず、気がつけば体重が六キロも減ってしまって、急に減ったのでどこかがしんどく、全方位的にとほほな気分であるよ。小説をいったんストップして大阪に帰ってきた。仕事があるからまたすぐにもどるけど、数日だけでも甥っ子の顔などみて、散歩したりするのがよいかなと思ったの。

新幹線で二時間半移動するだけで、感情を盛る容れ物が変わり、気持ちもちょっとずつ変わってくる。まくら。洗剤のにおい。大阪弁。子どもらの甲高い笑い声。知ってるものと知らないものがまざりゆくなか、頭のなかでこりかたまっていた結び目を、とこうとこうとしていた結び目それじたいを、なんだかもうどうでもいいやってそのままうっちゃれるように、そんなふうに思えるようになることを、期待して。子どもの体温におされて悲しみは、うすまってゆく、遠くへ退く、眠くなる。電車のガラス窓を飛びさる風景のように都合良く、感情は流れてゆく、パレットの色味みたいに、まざりあって、なんでもないものになってゆく、感情の容れ物たる自分の脳でも体でも心でも言葉でも、都合良く、われわれとても都合良く、挨拶などをし、手をあげ、繰りかえす、そんなことを思えば、また眠ってしまいたくなって、目をあけていられない。

子ども部屋で育った子どもと、そうでないところで育った子ども。彼らに違いはあるのだろうかって、子ども部屋に敷かれた布団にくるまって、もう子どもではないわたしが子どものためにつくられた子ども部屋の真ん中で、子ども部屋と子どもについてぼうっと思う。これは子どものほしいものだけでつくられた部屋なのだろうかな。それとももう子どもではない大人のなかの子ども部屋にたいするイメージでつくられた子ども部屋にすぎないものか。ポスター、おもちゃ、人形、色々。鮮やかな色々。カーテン、衣類、おもちゃ、それぞれつみあげられて、何度でも。子どものいない子ども部屋で大人のわたしは子ども部屋にしきつめられた子どものあれこれをじっと見て、時制がくるってなにもかもがいやになって、なにもかもがよくなって、気がつけばここは10月の底、一年くらい眠れそう。

さよなら銀河、あなたがたは良きものの名札をつけて

甥っ子たちを連れてユニバーサル・スタジオ・ジャパンというところへ行ってきた（というか、連れていってもらったというか）。

わたしはディズニーランドもディズニーシーもよく知らないし、アミューズメントパークっていうんでしょう、そういった空間にこれまでにもあまり興味を持てたことがなかったのにくわえ、かつて一度だけパレードの席取りに駆りだされて付きあったディズニーランドの沿道でさんざんに暗い気持ちになったことも忘れられず（『そらすこん』にもちょっと書いてます）、行こう行こうと誘われながら大変に不安だったけれど「スヌーピー、おるよ」のひとことにほだされるというか、スヌーピーの六十周年でもあるし、かわいいし、自分も「そういったおたのしみに用がある人間なのだ」と思いたいし、それに、おたのしみのほうからも「こちらもおまえには用があるのだ」と思われたいという心がむくむくと照らされて、行ってきた。

結果的に、人並みに楽しみ、ずいぶん並んでこれだけ並ぶのなんてどこか頭がおかし

いのじゃないかというほどに並んで少しのごはんを食べ（経験ないけどなんとなく、配給なんて言葉をぼんやーり思いだす）、水や火や電気をつかったアトラクションにもいくつか参加し、わあ！　とか言って、人並みに楽しみ、すぐに忘れてしまうものだけでできあがっているにせよけっこう楽しみ、そうしながらも愉快は子ども、やはり子ども、子どもは愉快、子どもをみるのがとても愉快。

しかし上の子（八歳）はぜったい的に乗り物を拒否して、これは今回だけに限ったことでないようで、ぜったいに乗ろうとしないのだった。ただわれわれについて回って、待っているときに広げたおえかきノートにひたすらに鉛筆で絵を描いていて、とにかく目にみえるものを描くのがいまはとても楽しいみたい。それをみるのは少し愉快。描かれた絵を覗きこめば輪郭がすきなの、と笑ってみせる。

ジュラシック・パークでおきた出来事を興奮気味に話すとき、目がらんらんと輝くのが指先が濡れるみたいにわかってしまう。下の子（五歳）も走り回り、ぐずり、あれこれ、笑い、大きな声ではしゃぐ、わたしにとってはなんでもない、久しぶりに明るい外に出た、だけの、そして少々疲れた、ああ仕事、再開しないといけないな、の不安、のようなものに渦巻かれる、これまでと何も変わらないこれからももう変わりようのない一日だったけれど、子どもの体はなにしろ小さく、言葉はまだその冒頭が植わったばかりの最初期の最中、世界は整理されることからあまりに遠く、高速度で発見されている最中で、広がりつづけるあたらしい彼らの胸のうちを思えば、ああまたなつかしい銀河がみえる。

いつか走っているときにさけた胸からどこまでも流れでていたあの銀河、けれどももう、これは苦しい銀河ではない、悲しいだけの銀河ではない、銀河はもはや、わたしだけのものではない、銀河はきらめき、ただ無言にきらめいて、きらめいていることにひとつの理由もありはしない。まだ小さな手をとって歩きながら、彼らが悲しいやこわいや不思議を述べれば、彼らが生まれてきたことを申し訳なく思えば、無責任にそれらを鮮やかにうっちゃって笑ってやれるだけの鈍さとあきらめがほんのりこちらに色づいているのがみえる。これが噂の思春期の、終焉、終演、いずれでもいいけれど慣れ親しんだ大陸がなつかしくあたらしいすべての水の、のみこまれるように沈んでゆこうとするのをしっかりと見る。消滅に響く音を聴きながら、人生が半分かそれ以上にしっかりとおりたたまれて、その見えなくなった半分に、自分でないものの温かさがまるで疑いようもない良きものの名札をつけて、やってきていることに気づく。

もしなにか、申し添えるようなことがあるとすれば

めっきり冬めいてきたので朝夕などは冷え込み、メールにもお風邪ひかれませんように・お召しになりませんようにの思いやりのきれはしが、見える、はしっこ、さよなら、まだ息の白くならないうちにわたしはお湯を沸かしておみやげでもらったピンクジンジャーをとろっと垂らしてはちみつを、垂らし、ポッカレモンをじゃぶと入れて、飲む、口内にしみわたって鼻腔が動いて、どこだろう、あれは、胸がまあるく熱くなる。

生姜湯、というのは歌を録音するときなどには必須の飲み物だった、そんなわけでいっときほんとによく飲んで、できれば生の生姜を皮つきでも皮なしでもすりおろすのがいいんだけれど、スタジオなどでは手間だから生姜チューブで代用したりして、それでも喉も体もくるまれて、手足にちからがみなぎるような、そんな豊かな連続が、あるのだった、瓶入りのピンクジンジャーはしかしただもう十倍くらいに希釈して飲むだけでよく、それでぜんぶがまるくおさまるとこういうわけで、静か、ああここはとても静かです、朝から夜まで一日で最低五杯は飲んでしまう、ゆえに買ってきたはちみつが気が

つくとすっかりなくなって、あんなに満ちとつまっていた金色の飴色のあの甘い甘いとろりとした液体がこの数日でこの縁もゆかりもないと思われる輪郭をもつ肌色の、体内に、移動したのかと思えば母を騙してるようなそんな後ろめたさがよぎるけれどくしゃみひとつで瓶にもどる。

ゴッホの言葉のなかでわたしがいっとう好きなのは「僕らは麦だよ」であるのだけれど、この実感は「なぜなら僕らは麦ばっかり食べているから」ということに尽きるのだけど、とするとわれわれはいったいなんであろうかととっさに思えば思ったさきから指先は、さっき洗ったばっかりなのに、なんともねちゃねちゃとまとわりつくような感じがしてはちみつがにじんできているのかもしれないね、想像するはちみつと想像されるはちみつでそうするうちに手のひらぜんぶが固定されて、匂いはない匂いはしない、想像をといて想像はとかれる、はちみつの重みは解消されて目を近づけてみればなんてことない皺のあれこれ。

ポップな音楽、ご機嫌なお別れ、色々あるけれど色々なんてそうそう起きない、悲しいにも無数のドットがひしめいて、うれしいにも高さがあって、ひとつひとつをちゃんと見たいって思えるうちはちゃんと見ることができそうだから、あなた、邪魔になるならまつげを抜いて砂漠の真ん中に立ちつくす両足で潔く観察を続けよう、下まぶたのかゆみ、足の指の鬱血《うっけつ》、感情の起伏ではなくその起伏をつくる質でもなく、ただ寄せ集まった感情のできるかぎりの最小を、観察しよう、ただ贅沢な観察をわれわれは道ばたの花壇、ささやかに植えられた名前も知らないような花を気が向いたら数えて歩いて、とにかくつづけようではないか、観察を、そのさいにもし何か、申し添えるようなことがあるとすればこのムード、記録にはいっさい、及ばない。

昼下がり、生きごこち

秋といえば人によって色々あるだろうけれど噂によるとひととおりの食べ物がおいしくみのる季節であって、これを旬というのだね。毎日、食べるものは基本的に一緒だし、この世界でいちばん苦手なところはスーパーの食料品売り場なのだけど、家から出る理由というのもこれ、スーパーで食料品などを買う以外に見あたらないから、最近はなぜなのかすまない気持ちで買い物にでかけて、慣れない食材を買ってみたりもするのだった。

仕事のときはいつもヘアメイクを施してくれる親友のミガンという女性がいて、かれこれもう十五年の付き合いなのだけど、料理がすごく好きなのだよね。忙しいし、色々あるのに、料理だけは手放さず、朝から夫君のお弁当などをつくりつづけて仕事が終わればそのまま疲労困憊《こんぱい》にむち打って、夜にふたりで食べるもの、彼に食べさせてあげたいものを作るための食材を買いにスーパーに行くのがこれがどうやら快感らしい。

と書いてこんなこと、なにも昨日今日はじまったことではないのだけれど、家には独自のレシピなどが大量に保存されてあって、そういうの、おおとのけぞる気分になって、これまでは料理も食べ物もなんの興味もなかったけれど、このあいだ電話で話したときになぜだか料理の話になって、これがけっこう盛り上がるのだから不思議だった。わたしはよくスパゲッティをつくるのだけど、そして外食の場合でもスパゲッティを食べるのだけど、そして一日三食がスパゲッティでもなんらまったくかまわないのだけれど、いつもペペロンチーノかトマトソースのふたつをただ繰りかえすというあんばいで、カルボナーラなどは作ったことがなかったのだけど、すごく簡単やからやってみいやと言われてやったら、これがとても美味しかったので、後半はその話。

カルボナーラというと生クリームとか牛乳とかいるのじゃないの、そしたらおおさじとかこさじとか、そういう気遣いも必須じゃないのかとかなり面倒で避けてきたけど、それはまったくの杞憂であった。簡単なパスタの代表であるペペロンチーノより手間暇かからずなんだか拍子抜けしたくらいなのであった。

ひとりぶんだと卵は一個。ふたりぶんなら卵二個です。それをがつがつ泡立てて、そこに粉チーズ（パルメザンね。うえによくふりかける白いやつ）をちょっと強気に適当に投入してさらに念入りにかきまぜる。ここで麺を茹ではじめる。それからベーコン。ベーコンをかりかりに焼くにはフライパンに油をひかず、ただベーコンが丸裸のままじりじりにちにち焦げてゆくのを見守るだけでよいのであって、油いらず。かりかりになったのを見届けて、そこに茹で汁をお玉に半分くらい入れて、そこにいい感じに茹であがったら麺を入れて、卵&チーズを入れてあわせる。卵のかたさはお好みで。火にかけすぎるとダマになってしまうから、さっとからめるくらいでいいみたい。

ってな具合でこれはなんという簡単さ。お料理できる人はこれを使いこなすの大前提、みたいな生クリームも牛乳も介せずにカルボナーラを手に入れ、なんというか店で食べるのとよく似た味で、濃厚でおいしく、おいしくて濃厚、つかの間のささやかな達成感をひとりくすくすと味わうのでありました。水を飲み、よく水を飲み、麺を嚙み、あっというまに、食べてしまう。この繰りかえし、繰りかえし。こんなふうに簡単な食事を自分のためにつくって食べ、ぼうっと昼下がりなど、昨日とかわらずに生きていると、武田百合子の『日日雑記』を読みかえしたくなってしまう。そしていまもどこかのスーパーに陳列しているであろう見目うつくしいお総菜なども また、想起されてしまうのです。

観察をつづける

いつのまにか風は冬のそれとなってみんなの頬につきささる。

ひとつめり込んではひとつ抜き、足の裏からはみでる影はよく見ると波とおなじもの、太陽はまるくあくまでまるく、口を大きく広げれば熱が届くし輪はそれる。

あけて七時の散歩だった。いつも薄暮の憂鬱だった。きのうのものがきょうにつながる不思議をこさえて、お馴染みの、恐怖につうと濡れる癖、がっかりしてもうきうきしても眠れば調子に蓋《ふた》がされます。ああそれは気まぐれの、いたずらの、夢のきわ、それは上、もっと上です指も手首も届かない顔する。そんなとこ。

夏から書きはじめてもうすぐ終わりなのになかなか終わらない長めの小説のあいまに短いものをふたつ書き、来月に発表する予定。それから観察だけが目的の文章を書き続けていてもう二ヶ月が過ぎてゆく。誰にも読んでもらうあてのない文章はとてもひさしぶりのことなので、こうして読んでもらうことを前提に書いている文章とは何から何までまったく違うものだとあらたに観察を書き記すときに前回の観察を読みかえすときそう思う。それは詩の種子とも空想のメモとも事実を映す日記の回路とも顔色がまるで違っていて、なにを帯びているのか、わからない。観察のそもそもの目的は、ただ観察をしてみようというなんでもないことだった。

まだ若い頃は、なにか困難があったとき、耐えられないような感情にくるしめられたとき、その渦中にいながらも、少し時間がたてば（あるいは同時に）そこからなにを学べるか、ということをおそらくいつも考えていたように思う。そこから何を学べるか。何を学べるか。人生に疑いようもなく前方があると信じている人間の考えそうなことですね。何を学べるか。おまえはそこから何を学ぶのだ？　それを誰かに試されているような気が、ずっとしていたものだった。

でも今は、こういう状況に陥ったとき、そこから学ぶことには興味はない。

ただ、少しずつだけれども確実に変化してゆく感情や状況をつぶさに観察しなければならないとだけ思っている。どんなふうに出来事を忘れ、どんなふうに悲しくなくなり、それがどんな斑《まだら》をつくり、どんなふうに日常が濃く、もどってくるのか。どんなふうに記憶はうつろい、あらわれ、処理され、忘れ、平気だった暗闇があれだけおそろしくパニックを起こしていたのにやがて平気になり、どんなふうにあんなに混乱していた感情や思い出をふりかえるようになるのか。そこに何の、どのような動きがあるのか。この点にかんしては言葉にあまり期待はできないものだし、ちゃんと書けたと思った時点でそれは駄目になってゆくものだから、せめて自分がそれをどれだけ精確に観察したか。しようとしたか。おまえは観察したのか？　それだけを、試されている気がする。

共通しているのは、それを誰かから試されてると思うことだ。
でも誰から？　試されるとは？　すべて、なんのために？

「悲しいできごとがあった、悲しかった」↓「やがて悲しみは薄れ、元気になった」のあいだにある無数のドットが気になって、もちろんそのすべてを知り、拾うことはできないけれど、けれどもそこにはおそらく見つめれば見つめるほど立ちあがるであろう個別の粒立ちがあって、それがなにか、よくわからないけれど、ただただわたしを試しているような気がするのだ。言葉がそれをかたちづくるのに適してるとは思えないけれど、しかしそれしか方途がないので、それを繰りかえしているというわけだ。
観察をつづける。

王冠

ちょっと足をのばして木がたくさん植わったりなどしているところまで散歩して、太陽はまだてっぺん以前で、川がきらきら光っている。きれいなクリーム色をしてまるで輝いてるような犬が、つまりゴールデンレトリーバーが、だいすきでたまらないのだとお互いが思っているに違いないとなぜだか見るだけで了解できるような飼い主の男性と立っていた。それはユメ、という名の犬で、わたしはまえに一度だけ会って頭を撫でたことがあったのでユメ、と声をかけて首の下をまた撫でた。そうしているとどこからともなく外国人の男性がやってきてユメユメととても流暢な英語で声をかけ、仲良しのようだった。六十代くらいの飼い主の男性は黙ってにこにこと笑顔で立っている。みんなに優しい顔をしていて、ユメを撫でてる自分の手までなんだかやわらかくなったよう。外国人の男性も頭を撫でて、それからそのへんに落ちていた枝きれのようなものを拾って、ユメにみせて、遊びはじめ、大人しい雰囲気のユメであったがいつのまにかはしゃいでがしがしと噛んだりして、びゅうっと投げれば取りに走り、穏やかな朝の光景、たぶん十時半のころ。

外国人の男性は、今度は枝きれを大きく編んで、まるくかたちをつくり、ははあん、輪っかにして、いよいよユメと本気で遊ぶつもりなのだな、と感心して、さあいよいよ遊ぶのですね、とわたしも少しく興奮して尋ねたら、おお。これは子どもたちと一緒につくるリース用ね！　そうそう我が家の、クリスマスリースね！

おお。クリスマスになると扉にかける鮮やかなリースをある種の人々が手作りするのは知っていたけれど、それってハンズとか専門店でキットみたいなものを集めてそれでアレンジするのがほとんどなんじゃないかとやったこともないのに思っていたから、まさかこんななんでもない場所にリースの骨があったことに驚いて、少し離れたところにおいてある彼の自転車の前カゴをみたら、すっかりまるく編まれたリースの骨がいくつもいくつも積まれてあって、さすがの年季というか本気というか本場というか、ただの枯れた枝とか棒きれとかにしか見えないものが人によってはまるで違って見えるのだという決定ぐあいになんだか意気消沈してしまい、わけのわからぬため息がぼうっと膨らむのであった。

重力の増した空のした、でもリースのあの骨、どうやったらまるく編めるのだろうかを頭のなかで追ってみてもこれがさっぱりわからない。試しに草むらに落ちてた木の枝をじっと見ても、なにからはじめてよいのか見当もつかない。歩きながら、わたしは編むこと全般に思いを馳せ、そういえばいつだったかの遠い昔、シロツメクサで王冠を編んだことがあったことを思いだす。どうやったっけ、どうやったっけと頭をひねっても、ひとつを置いて、ふたつを束ねて、それからみっつめの動作がでてこない。空想の編みをあきらめながら、そういえば王冠になったシロツメクサが茶色に変色してゆくさまが、簡単に朽ちてゆくさまが、なぜだかいつもとてもおそろしかったことを思いだして、きのうはあんなに白く光ってうれしくて頭にかぶっていたのに今日はもう触ることもできなくなって。

目と耳がふたつわかれてあることの

このあいだ、日中韓の作家が集まって文学についてあれこれ話し合うシンポジウムが開催されたので北九州へ行ってきました。

わたしは小説家の松浦理英子さんとの女子限定のトークショウと、詩の朗読、それから延期になっていた樋口一葉についての講演のみっつに参加。松浦さんとお会いするのは一年ぶりでとてもうれしいひととき、一時間半などはまたたくま。

シンポジウムはみっつの言語が入り乱れ、みんなが一斉に泊まるのは門司港ホテルという妙な趣のあるとてもいい感じのするところ。このホテルに滞在するのはじつは二度目で、一度目は去年、やはりこちらにある大学の講演に招かれたときのこと。深緑の窓枠などが印象的で、そんな新しいこともなく、もう貫禄が漂うほどだけれど、九階建てで高層というわけでもまったくなく、市松模様の石の床など、きけばこの建物をデザインしたイタリア人の建築家は完成をまえに逝去したらしく、そうだったのですか。

韓国の「韓国日報」という新聞で、金衍洙《キムヨンス》さんという韓国の小説家と対談した。彼はわたしの作品を読んでくださっていて会うのを楽しみにしてくれていてうれしかった。それぞれの国の小説をめぐる状況論や、テーマとその可能性、あと彼は詩を書いてもいるので詩の生まれるあれこれや色々なことを話しあった。場所も近いし、これからはどんどん交流が増えるだろうからまた近いうちに会うことになりそうだねと笑いあって、作品を送りあうことを約束した。

わたしは三日間、移動がつづいたので、動いているあいだは気が張っているから何ともないけれど帰ってきたら首がいたくて、それでもあんまり眠れなかった。樋口一葉の講演が三日目の仕事だったけれど、一葉とその作品について話すのは初めてで、でも、これまでぼんやりとくっきりと思ってきたこと考えてきたことが有機的にひとつの流れになって言葉になって来てくれていた人に届いたようなそんな気がして、あのひとつながりの体感はなんだか糧になったと思う。

それが存在していることに感謝してもしきれない『たけくらべ』、松浦理英子現代語訳。何があったのかは定かではないけれど美登利の様子がかわってしまう「ええ厭々、大人になるのは厭なこと」のあのくだりの文章を、原文は上段に、そして現代語訳を下段に刷って、みなさんにはぜひ、目は上段の原文をお読みになって、そして耳はわたしが朗読しますので現代語訳で意味を拾って、というふうにして味わってもらうことにした。翻訳書なら原文と訳文が隣り合わせにあることもあるけれど、同時にふたつは追えないものね。目と耳がせっかくべつにあることを、このようなかたちで同時に体験できることもそうそうないから面白いと思ったの。問題はひとりじゃなかなかできないことで、わたしも今度、原文を目で読みながら、誰かに松浦訳を朗読してもらおうかなあと、そんなことでうっとりだ。

空港までのタクシーで、門司のこのあたりが埋め立て地であったことを知る。

セーターをたたむという儀式

いまは本連載「発光地帯」を本にするべく作業を進めている日々で、冬、きのうあたりから胸にもやってくるようになった冬、寝入りばな、するすると毛布と吐く息のあいだに滑り込んでくる冬、その両肩をつかんでにっこりわらって頰をこすりあったりなどしてみたい。

たたむというのは切ない儀式で、引っ越しもお別れも、そのへんにあるなにもかもが、たたむという言葉と行為に収斂される。セーターをたたむという儀式、気持ちをたたむという儀式、歩くのをたたむという儀式……。そんなふうに手にふれることができる個別をたたんでゆきさえすれば、しらないうちにそれらをまとめあげていたとても大きな外側を結果的にはたたむことにもなるだろう。そのときそこに残るものはなんだろう。たとえそこに何が残っていようとも、こちらに心臓の意思さえあればそれらは順番的に快調にたたまれてゆくことから逃れられはしないだろう……。手も声も、やむことはない。たたむこととたたまれることはやむことはない。

そんなわけで世界は午前11時。鐘は鳴らない、知らせてくれない。響いてるように思いたいのはキーのどしどしした脈拍くらい。上機嫌に血液を送りだすかわりにこの指先はキーを打って、あなたの目にいつか触れるかもしれない言葉をそっと流しこむ。やあ世界、やあ世界と打ってみる。と打ってみると打ってみると打ってみる……際限なくつづきそうなものほどあっけなく終わってしまうものもない、逆は不可、逆も不可……。

ゆうべはわたしを捉えた悪夢、目覚めて解放されない悪夢、もどってくる感覚にしがみつけないこれも悪夢、まさぐれば、首にかかっているのがみえた。それはまごうことなき首飾りでなんとも言葉でできてるのだった。わたしはそこにあるのを光ってあるのを読むのも億劫で、かといって触ってるだけというのももどかしいので、それが何であってもどれであっても片端から指先でつまんで口のなかに放りこむ、放りこむということをずっとしていた夜だった。思いだすのはいつかの春の深い夜、好きになりすぎて食べた桜の幹だった。わたしと混ぜて、混ぜてほしい、つまりもうわたし兼桜ということにしてというあれはまたたく夢見であるから、なぜこの心象は口のなかにいれるというべつの心象をいつだって律儀に連れてくるのだろうとあきらめながら不思議に思えば、閉じきれなかった唇のすきまから垂れていた言葉は、「以」であった。

ほんとのことを伝えよう

大阪の祖母が入院したのでちょっと帰ろうと思っているいまは前日。そんな今日は読売読書委員会の今年最後の日。つぎの委員会はほとんど二十日後とかだからとてもたくさんの本がきてる。みんなでそれぞれ選んで席に持ち帰って、これはと思う本を選んでぐるぐるまわす。

以前ここにも書いたけれど、読売読書委員会で配られるお弁当は上野の精養軒のものでこれが首を傾げてしまうほどにおいしくて困るほどにたまらない。どの具材もどの組みあわせも最高で、おいしいな、おいしいよ、と嚙むたび心でうなっている。しかし、いま読売新聞本社はビルの建て替えをしているところで、大手町から東銀座の仮社屋へ移動していてそこでは精養軒のお弁当は支給されないのだった。なぜ、と思うと、もともとの本社には精養軒が入っていて、そこでつくってくれていたからで、離れてしまったいまは、違うところのお弁当で、もちろんいまのお弁当もおいしいけれど、そっか、と思えば残念だ。しかしわたしが読書委員を務めているあいだは読売新聞はずっと仮社屋のままなので、もう本に思いを巡らせながら精養軒のお弁当を食べるということはできなくなってしまうのだ。ああ。今度、仕事じゃなくて上野へ遊びにいって、精養軒でじっさいに食べてみたいなといつも思っているけれど、アイデアはなかなか体に実現しないもの。

体にどこも悪いところはないけれど、祖母はいつ、ふと思いだすみたいにして亡くなったとしても不思議じゃない年齢で、祖母に育てられ祖母を大好きなわたしは、物心ついてから、この祖母もいつか死んでしまうときがくるのだと、そればかりをいつも考え、覚悟してきて、数えきれないほどの疑似をかさねてしてきた。この数年のあいだ、もしかしたら明後日、三年後、半年後、この週末、わからないけど、何よりも恐れていた「そのとき」が「このとき」になるのだ、恐れていたことはほんとうになってしまうのだと、そんなことを感じている。ただただ、感じている。死んでしまうのは、生まれてきたからにはしかたがない。これはもう仕方がない。祖母は幸いなことに痛いところもない。母やみんなに感謝して、わたしに会うのを楽しみにして、にこにこして、元気である。ただ、もう、ちからがない。お弁当をつくってくれた祖母、一緒にブランコで遊んだ祖母はいまもわたしの胸のなかにあるけれど、おなじ祖母であるいまの祖母にはそうすることがもうできない。遊びながら、一緒にごはんを食べながら、いつかこんなふつうのことができなくなるときがくる、いつか別れなければならないときが必ずくると思って、わたしはこの人生を生きてきた。そしてわたしはわたしの人生の最初から生きてきた祖母とこれ以上はない最高のかたちで別れる準備をしている。しっかりして、にこにこして、楽しい話をいっぱいしよう。

祖母はいま何も食べられないみたい。きれいな花をいっぱい買って、わたしが覚えている祖母とのこと、祖母にありがとうと思ってるこのこれを、明日いっぱい伝えよう。祖母がいなくなったら祖母のなかのそのそれがどこにいくのかわからないけれど、でもほんのひとときでもわたしとの思い出や気持ちが祖母にとどまってくれたなら、それ以上は望まない。しっかりして、にこにこして、うれしい話をたくさんしよう。わたしはあなたのことが大好きだと、あなたがいたから生きてこれたのだと、ありがとう、ちょっと待っててね、またぜったいに会おうねと、ほんとのことを伝えよう。

15年後の冬の薔薇

みなさんはお正月、いかがお過ごしになりましたか。わたしはおせち料理も食べず、お雑煮も食べずのいつものお正月で、そのかわり何かを薔薇へ注いだ数日でした。花の名前なんて数えるほどしか知らないし、季節のこともわからない。けれども多くの人にとって薔薇はなんとなくとくべつであるようにわたしにとってもなんとなくとくべつで、散歩などをしていて目に入ってくるのは様々な家の庭先などにちらちらと浮かんでいる小さな薔薇だったりして、種類なんてまったくわからないのにそれが薔薇であることが、わかってしまうのです。薔薇の薔薇性、などといたずらに言ってしまいたくなるけれど、やっぱり大きな薔薇より、小さな薔薇、もうもうとあふれる緑のなかにこちょこちょとついている薔薇のほうがすきなのだった。

しかしいまは冬だから、ほとんどの薔薇の木も枝も剪定《せんてい》されていて花はなかなか見かけない。このあいだ買ってきていつまでも見つめてしまう鉢植えの小さなわたしの薔薇もすっかり落ちて、あとからあとから新しい枝と葉が生まれてきてるけれど花は遠く、なので、お気に入りの庭の写真などをずっと見ている。そうするうちに、薔薇の種類、その名前などが記憶に編まれ、足の裏にはほくほくとした土が盛りあがり、右手のさきは緑に覆われ、風が吹き抜け、ぼうっとしていると冬でも初夏でもない、いつもの曖昧な場所へ立っている。

何かを育てたことがない。サボコと名づけてずいぶん大事にしたサボテンと暮らしたことも、犬とも、金魚とも暮らしたことはあったけれど、育てたという気はしない。水をやり食べ物を与えることがその生存に大きくかかわっているにもかかわらず、必ずしもそれを、決定づけないのだなあとぼんやり思う。育てるってなんだろう、とか考えるつもりも元気もないので、このムードはそのまま放ってしまうことにするけれど、何かを育てたことがないのは事実。

森のあいさつ

ニューヨークにいる友だち大雪。東京にいるわたしたち無言。アラスカにいる魚、無数。生きている電柱、まっすぐ。1日が、音をたてて過ぎてゆくのを、9年後の今日とおんなじように、黙ってみてる。

雪みたいだったこと

甘いものはあまり好きではないけれど、このあいだ所用で生まれてはじめて自由が丘へ行き、自由が丘へ行くなら甘い食べ物がうんと集まった場所があるよと教えられたので、スイーツフォレストと、いうところへ行ってきた。

なんか肩肘はってないざっくばらんな店構えで誰でもどれでもうんとこい、みたいな感じであってそういう場所の初心者でも素知らぬ顔をして入ってゆける雰囲気がよいのだった。大きなお菓子屋さんかと思えば、なんていうの、これも行ったことないけれどラーメン博物館みたいなの、あるらしいじゃないですか。もしくは以前ここでも書いたことがあるけれど、タイ・フェスティバルみたいにして、ひとところにたくさんの店が集まって、しかしそれぞれはおなじテーマで串刺しにされているというような。そんな感じでそのスイーツフォレストも、野外ではもちろんないけれど、いくつものお菓子屋さんがひしめきあっていて、それぞれの店の特徴とおすすめなどもおなじくひしめきあっていて、はじめは問題ないと思ってなんとなあく安心した振りをしていた初心者は、なんのことはない、どのように動けばいいのかはもとよりどんなふうに立っていればいいのかがまずわからない。きょろきょろとまわりを見回すと、食べる場所もそれぞれの店用に確保されているところと、購入したお店に関係なく誰でも座っていい場所のふたつがあって、家族連れ、カップル、男性同士、女性同士などなど、甘いものを食べるのですという余裕と意志に満ちた人々でわいのわいのと沸騰していた。

で、わたしはひとりでそのポップできらきらしゃんとした洞窟のようなデコラティブな空間を行きつ戻りつしながら、どんどん心細くなってゆき、なぜ、こちらからもあちらからもてんで用がないようなこんな場所へ来てしまったのだろうかと心細さはほとんど糸のようになり、しかし、甘いものが食べたかったような気がしたのだと、ちゃんとそう言葉にして自分をとても励ましつつ、しかしわたしは、つい数年前まで、ほれ、もう名前もすぐには出てこないあれ、なんだっけあのデザートの名前は、ほれあの、ドリアじゃなくてプレートじゃなくて、……タルト！（思い出して、きもちいい！）そのタルトのあのかたいところは皿扱いなのだと信じて疑っていなかったなんというかそんなレベルのわたしなのだから、そもそもが、そもそもなのだと、そういう励ましも、さらに追加したのだった。

食しているみなさんはみんなそれこそプレートにたくさんの見目鮮やかなケーキやら

なんやらを載せていて、本当に楽しんでいるのがテレパシーのように伝わってくる。あちこちに並んで、このハッピーな洞窟をすべて謳歌せんとばかりにきらめき、わたしは、な、なんか一個だけでも食べるか、みたいな感じでいちばんハードルの低そうな——つまりチーズケーキに見えなくもないもの、を選んで、洞窟のなかは混んでいたので寒いけれどなんか広々としたテラスに出て、それを食べた。なんか、そのチーズケーキめいた三角の甘いものには塩が振ってあって、焼き塩っていうのかな、なんなのかな、スイカに塩の応用なのかな、歯と歯のあいだでしゃりしゃりとして、ねっちょりとして、甘さとしょっぱさが鼻孔からふんふんと抜けていくのをただ感じているだけで、味はおいしい、ということ以外にはあんまりよくわからず、例によって半泣きになりながら急いで口のなかに入れて、それでかんかんかんと階段を降りて、駅までの道を急いだのだった。ああ緊張したああ緊張した、とぶつぶつ言って足を前に繰り出しつづけていたら、すれ違った男子小学生が女子小学生に何かを質問してるのがきこえ、少し先を歩いていた彼女がくるっと振り向いたとき「だから、この世が終わるってことよ！」きりっと答えた声が聞こえて、絶句した男子小学生の顔が、雪みたいだったこと。

かわうその奏でる

乾燥がつづき、鼻も喉もひからびつつある午前や午後、ふとまわりを見回すと、わたしやあなたばかりではない、壁も、本も、それから衣類も窓も、懐かしいような白々しい粉をふいていて、誰かにそっと飛ばされるのを待っている、しかし割に知らぬふりなどもできたりするので仮眠を真眠でそっとくるんで、もう何もみえなかったことにしてたりもする、午前や午後。

少し前、打ち合わせが早くに終わったので、なんとなく上野動物園へ行ってみた。そこへゆくのはたしか二度目で、一度目は、絵をみようと思って来たけどあいにく閉館の日でみられず、けっきょくあの広い敷地内のどこにもゆかずにそのまま帰った記憶がある。しかし今回は、かわうそ。わたしはとてもかわうそが好きで、あれはなんというかわいさであろうか。頭はまるく（だいたい、まるいけど）、短い毛でおおわれて、子どものころはもちろん、大人になってもずいぶんかわいいままである。ためしに、かわうそ、で検索してみてくださいな。あまりのかわいさにわたしはここ数年、ぐっと夢中であるのだから、東京には上野動物園にいるということはいつかに調べて知っていて、しかしなかなか出かける機会がないまま ときは経ってしまっていたけれど、その日、ぐうぜんに、ここは上野に近いのではないかと、あっ、と思い出したのだった。

動物園は広く、広い。柵の向こう側はがらんとしていて、たくさんの動物がいそうでいなさそうで、しかし見えないだけでいるのだろう。何曜日だったか忘れたけれど、わりに人々がたくさんいて、賑わっていた。数だけをみれば、お互いをぴんと張った糸のようにひっぱりあっているような、そこかしこ、そんな関係が映るのだった。

かわうそは、いた。ひとつめの集まりは、けっこう入り口に近いところにあって、しかしくりぬかれた木のなかに入ったまま体をまるめていたので顔をみることはできなかった。それから、またべつのかわうその家をさがしにぐるぐると歩いてみれば、ずいぶん自由に遊びまわっているかわうそを見つけることができた。

かわうそのことはこの東京での居場所以外にはしかし何も知らないから、じっとみていた。みれば二匹いて、ふたりは、いっときたりともくっついて離れようとしないのだった。そして同じ行動を飽きるほどながく、いつまでだって繰りかえす。どちらが雄でどちらが雌なのかも、わからない。ただ先に走り、あるいは泳いでいったほうを後のほうが追いかけて、ぴたっと止まる、休憩場所みたいなところがあって、そこでひとしきりお互いの体をなめあって、それからまたぐんぐん走り、ぐんぐん泳ぐ。そして必ずやるのが、エビぞりで、壁みたいなところにぶつかりにいってそのままのけぞって、また走る。これを必ずしてみせて、なんとなく、それをやってるほうが雄のような気がしないでもない。

恋人か、夫婦か、などなどと考えながらも、ほんとうにぴったりと寄り添い、まるで慈しみあっている、という形容がしっくりくるような具合なのだ。でもこんなに仲がよいのも、おそらく繁殖期とかそういう都合によるものなのだろうな、また飽きたり、目的が達成されたり、ほかの雄や雌がきたら、そちらともこういった感じになるのだろうな、人間でなくとも彼らだって動物だもの、そういうなにかしらルールにはあらがえないのだろうな、なんて思って家に帰ってなんとなく、彼らの種類を覚えていたのでその生態を調べてみたら、彼らには基本的に一夫一婦制の習慣があるらしく、つまり、基本的にはあれが自然で、あのままがよくて、おそらくずっと、あのように生涯を一緒にいるということなのだった。

それを知って、あのくっつき加減を思いだし、走れば追いかけ、振り返ってエビぞってを思いだし、わたしの胸からは熱い皮がほろほろとめくれ、誰にというわけではないけれど、どうだ、みたいな気持ちになった。なんとすてきな祝着だろう。けれどもそんなこと言ったって、自分にはまったく関係ないけれどなにかしらんの達成をみたようで、悲しいような寂しいような、でもとてもいい気持ちにもなれたので、大きくひとつのびをして、またかわうそをみにゆこうなんて思ったりもする午前や午後。

あのとき、薄紙が抱いたもの

鼻の中も粘膜もからからに乾いてしまう今は冬です。この冬の具合はとても四角い。いつも思うけど箱みたい。ラベルには何も書いていない。ただそれがそこにあるだけでそれが冬だとわかってしまう。瓶のなかの匂いにそれぞれの場所があるように、その箱はそれだけでひとつの季節であるのだった。その冬の四角い箱をあといくつ積み重ねれば、それらをぜんぶなぎ倒す春が、やってきて、くれるだろう。

このあいだ、テレビの気象予報で東京は夕方から雪が降ると言っていて、たしかに雨は降ったのだけど雪にはならずにそのままだった。夕焼けのてまえでまるで噴水からやってくる粒のような水の連なりがきらきらと光り、わたしは足を止めてその街の向こう側をじっと見ていた。動いてるもの、動かないもの、点滅するもの、しないもの。見慣れてる部分とそうでない部分。無数の生活は移動し、急ぎ、跳ね、そして肩を落としているのだった。

あんなにも、こんなにも、思い出はかつて薄紙のようにそこかしこを覆っていたのに、誰のせいでもない時間が過ぎて、そしてそれはもう、誰にも思いだされることはないだろう。あの日もこの日も、あの笑い顔もあの冗談も。あの決心も、あの憂鬱も、あの感謝もあの哀しい感じも、何もかもが消えるだろう。薄紙は破けもせず誰かに剝がされることもなく、ただ吐息の湿り気とともに静かに消滅してゆくだろう。そのかけがえのない薄紙の持ち主だったわたしでさえ、何もかもをじきに忘れてしまうだろう。消してしまうだろう。わたしは忘れてしまうだろう。あなたも忘れてしまうだろう。

ひとところにいようとしてもいたくても、人にはなかなかそれはできない。歩いているだけで不可能なことばかりが降り積もる。一歩、不可能、二歩、後悔。三歩ゆけば振り向きたくなってしまう。けれども誰にも帰る場所などないのだから、そのことだけがこのぼんやりとした世界の輪郭のなかでもひときわ際だって、得意げにこちらを見つめ返している。目があう。ちょっと笑う。前を向く。足を出す。繰りかえす。抽象的なこの感傷は、何歳まで許されるだろう。誰に？　誰かに。許す、許される。なぜみんな、許されることがすきなのだろう。許しはなぜこんなになっても強いのだろう。雪が降ればいいのになと無責任に思うのはこんなとき。つまり何かを隠したい、それだけのことなのだ。

メイプルシロップが湯にとける2秒のための

さあ湯を沸かす、温かいものを流しこむため、桃色のつつましい壁はおそらく潤ってゆくだろう、いまにも、ああいまにも湯を沸かす、湯を沸かす、朝だ、朝だ、誰も死んでいないのに誰かが死んだ朝によく似ている朝にいると、朝のくるぶしがひかりだす、あの空の青さの成分にひそむ、あのはかない水蒸気の輪郭にのぞむ、この死んでいる感じというのはここにないだけで、世界中に偏在している、ああいまどこかで誰かが本当に死んでいるそのものがたなびいているせいだ、時間をつたって、言葉を介して、いまも誰かが死んでいる。

白いカーテン越しにぼやける四角い世界の断面には慣れっこだ、君といえども、わたしといえども、海に似ているとても似ている、そんなのにはもう慣れっこだ、記憶につながり眉間を照らし、そして連結という連結の関節を見事に折りながらちぎってゆく、あれは糸、あれは祝い、誰もがひとつは飼っている紺と正座するもくろみは何を食べて何を見てあんなに体を大きくしてゆくのだろう、抽象的だね、希求するのはいつだって明らかな詳細だけれど少しだけ、赤さ、薄むらさきさ、抱きしめたりしたけどそんなの嘘さ。

早い冠、遅い朝食、星を数えて六年目、君もあなたは世界の名を呼び、象の背、縞模様の先端で、いよいよ寝そべってくれるのだろう。

唇がいたい、白い裂け目がいま森になるところ、ねえ飲み物はいかが、甘いものも少しはいかが、電球の粒立ち、アメリカのとてもいやなとこ、牢獄なんて見たことないし、木曜日の夕方の四時はご存知かしらいつだって子猫がさらわれるところ、あなたの胸は何もかもが吹き飛ぶところ、回らない舌、わたしがぜんぶ買ってくるわ、花はあなたが買ってくるわ、草原をかねているこの頭皮、風を束ねているその足の裏、ねえそこに入りこんでるの、ああ湯が沸く、沸いてゆく、いまにも完全に湯が沸く局面、たらす、わたしはたらす、あなたもたらす、光の加減で金色にときどき光ってみせるそれ。

少し眠りたい

朝おきて顔を洗ってコンタクトレンズを目に入れてゴミを出してそれから歯を磨いて台所へ行って湯を沸かしてマグカップに生姜を擂《す》る。はちみつを入れてかきまぜて、ちょっと冷ましてからひとくち飲んで、洗濯機をまわしてそれからお米を一合といでセットしてそのあいだにサラダ菜を水で洗ってたまねぎをスライスして空気にさらす。

このあいだ読んだ本は食べ方ひとつで免疫力がとても違うというようなことがたくさん書かれてあって、たとえばたまねぎのスライスは水にさらして辛みをとるのが常識だけれど、そんなことしたらせっかくの栄養分が台無しらしく、トレーかなんかにあんまり重ならないように並べて単に空気に三十分さらすので大丈夫なのらしい。一度それで食べてみたけど、少し辛みは残っていて、でもしゃきしゃきしてとてもおいしかったのでもう少しだけ長くおいて、今度からはこの食べ方を徹底しようと決心した。それから、たまねぎの皮というのがこれ、とても栄養のすばらしくつまった部位なのらしく(やれやれなんでも皮なんだね!)、今まで何の想像力のやってくる隙もなく捨てていたけれど、めくった皮をよく洗って乾かせばそのままお茶の葉として使えて最高なのらしい。なのでいま、たまねぎの皮を溜めてるところ。今日の夕方いよいよ煎じて飲むつもり。

簡単なお味噌汁をつくって炊きあがったごはんに超細かく切ったねぎのみじん切りと、乾燥わかめを乾燥したまままぶしてわかめ&ねぎごはん。わかめがごはんの熱でじっくり膨らんで、じゅっとした海のエキスでごはんつぶのひとつひとつが丁寧にコーティングされてゆくようだ。これがとてもおいしいのでみなさんもどうぞお試しあれ。

クイックルワイパーで部屋の床をなでてゆく。毎日やっても埃が少しだけつくけれど埃はいったいどこからやってくるのだろう。床のすべての埃をとってそれが終わると洗濯機から冷たい衣類を取りだして干しにゆく。手がちぎれるくらいに冷たいけれどでも今日は晴れていて胸いっぱい息を吸って吐いてみれば頭の言葉が散ってゆく。霧みたいに。

宅配便がきて電話が鳴って、それから『ドストエフスキー』、そして『雪の練習生』。読む本読みたい本が胸の左に組まれてゆく。キーボードを打つ肩がかたくなるころ、拙著『ヘヴン』をなんと一枚の漫画にしてくれてそれをブログで連載してくださっているかたのところへ飛んで、素敵だなあってじっと見る、読む。淡い夏の風のような絵。添えられた文章もとてもよくて。元気でる。またがんばって書こうという強い気持ちをくれる。

薔薇を育てたいなと思う。水をやってためらいながら葉を切って、それから冬を越えて春を迎えて夏など一緒に焼かれよう。

夜のごはんのことを考えながら原稿を書く。いま急に、少し眠りたい。

誰にそれが笑えよう

さっきから、すんごいもたれかかったピアノ練習の音が聞こえてこのままずっと聴いてたら鼻の下が濡れてしまいそう。昨日の夜はピーナッツ！　うかうかぶらりんとはこのことで、お腹をよじって笑うひとときは暖房とヴィンス・ガラルディのマーブル模様だ。六〇年代のアニメではスヌーピーはしゃべらない、大人の声はトロンボーン、なんて素敵なんだろう。色のお隣、みんなの台詞。愉快なあきらめを淡々と生きている子どもたち。そしてお昼ま、リネン用の洗剤を買いに外に出たらあっけらかんと雪は去り、伸びてゆくのはああお馴染みの黒い道、黒い道だ。胸にやさしくはない荷物もって一時間、小説の再開のことを思うと胸がどうどうと渦巻くのだからその渦巻きはさらなる渦巻きを連れて目下ただただ渦巻いている。木目の憂鬱。マグカップ総裁、気のない握手はいやだなど。

帰りに苺を買いに立ち寄ったスーパーで予定どおり苺を買って、予定外で鮭を買って、羽もないのに旋回して、順調にレジスターのほうへ行ったらパンのあかるい棚のまえにご老人たちがどわどわと押し寄せていてそれはもう体ごとパンに釘付けなのでいったいどうしたことかと驚いた。どうでもいいけどたちってつけるの、ときどき照れる、ことがあるよね。たとえば「思い出たち」とか「好きな曲たち」とかわたしあれって使えない、パンにもどるとあんなにも口の水分を奪い取るチャーミングな退屈さにみんなどこかをぎゅっとつかまれていてのパンコーナーでの集中だろう。他者の欲望はいつだって自分の欲望なのだからうっかり吸われてパンに手がのびそうになるけどならずにおいて、さあみなさんごきげんよう！　準備はとてもいいですか？　これから夜が来ますけど、どうかあたたかいうちに召し上がれるといいですね、健闘を祈るいつだって健闘を真面目に祈ってる。

洗濯物、干し干しだ。「干」という漢字はとても干すという感じがよく出ていてなんだか優等生じみて面白くないけれどまあよろしい。優等生ってきらいじゃないしそこには白い票じみたぼんやりとした悲しみがあるのはれっきとした事実なのだから。誰にそれが笑えよう。それはさておきわたしのお気に入りは前にも書いたけれど「以」であって、「以」という字はたびたび夢に登場してさらには「以」の字そのものになってしまったことがあるのを思い出す。あとは一枚のぺらぺらの紙のようになったりもするのだからそのとき内臓の扱いはどうなっているのだろうと思うけれど思うのはいつも目が醒めて何もかもの半分が興ざめてしまう一瞬だ、夢は阿呆やな、何もかもにもはや異議なし異議はなし。

階段を数えていたはずなのに違うものを数えだしているモップ。生き物ではないこれは生き物ではないのだから踏んでも平気だしなんなら水に沈めるのなんてこれはきっと世界のみんなの望むところでとても望んでいるところ。髪につめに短篇のきれはし盛りだくさん。これらをきゅっとまとめて練りあげればいいのだったか忘れちゃったな。毎日は生活するだけで満ちてくるのだし埋まってゆくのだしもうこんなに暗くなっているのだし。夜、夜にして夜、こうして頭をかくんと下げれば一歩下がってゆうべ見たはずの夢のシーンがさっと通り過ぎるのであっと思って捕まえようとするけれどそれももういいような気持ちになる。丸さ。9度。雑誌。マームとジプシーで泣いてしまう。トライブ、首飾り。銀のはさみが唸ってる。

とぎ汁で大根をゆでる日

最近は規則正しい毎日を過ごし、お昼寝にみるみる溺れていたのなんてもう遠い昔のことになってしまった。朝は八時に起き（遅いけど）、朝食を食べ、仕事をして昼ごはんを食べてそれから掃除などをして食料品などの買い物にでかけて野菜などを凝視する。いったいどこの誰の生活かと思うけれど、おそらくわたしの生活なのだ。スーパーはなるほど便利だけれど、近くの八百屋を通り過ぎたとき、手書きのポップ、小松菜の底力みなぎる青さなどをみとめたとき、この専門店こそを応援しなければならない気持ちに覆われて、それで、今日必要なだけの野菜をたくさん買い、お会計は千円でいいよ、ということだった。もやしが一袋百円で、スーパーはさすがの大量仕入れで二十八円。しかしきゅうりは二本でスーパー百五十円、八百屋が九十円。ブロッコリ、スーパーだと二百六十円。八百屋は百八十円。けっこうひらきがあるのだなあ。

それで今日は夜の十一時。もう十一時。書いた原稿はみっつで期日ぎりぎりの証拠に入稿してから二時間でゲラが出てファックスを見て校了だ。それから今日の挑戦は、仕事以外にはむろん料理で、連載三年目にしてやっと本領（では全然ないけれど）のちょっと発揮というか、ウインナとペペロンチーノではない、かといって切って炒めるというだけのものでもない、ちょっとした料理の領域に入りつつあるのだから、なんとも勇ましい胸のうちなのだった。そう、今日の献立はまさかのまさかのブリ大根。八百屋のとなりのお魚屋さんでものすごい勢いでぴかぴかに光るブリを大きなの三切れ買ってこちらも端数はとってもらってちょうど千円。このままお刺身でもいけそうなそんなこちらが照れてしまうような豊かさで、くるんだビニルも誇らしげ。

ブリ大根、それからとろろのお吸い物。それからあさりの酒蒸しにばさっと三つ葉を盛ったやつ。それから小松菜とベーコンとうすあげのにんにく生姜炒め。小さな箸休めにらっきょうふたつ。ちょっとキムチ。十六穀米。

ブリ大根なんて何をどうすればあんな色になるのか皆目見当もつかず、もちろん生まれてはじめての試みであったけれど、なんとか開始して、ブリを食べやすい大きさに切って塩をふって三十分くらいじっとさせる。それから大根を切るのだった。二センチの太さのを七枚くらい。面取りもして、それをお米のとぎ汁で五分煮こんで軟らかくして、ぬるま湯で洗ってキッチンペーパーで水分をとっておく。だし汁とかみりんとかお酒とか醬油とかの調味料を合わせたのを鍋でぐつぐつしたら、塩で寝かせたブリを熱湯にとおしてそれから水で丁寧に洗って、鍋で十五分くらい煮こむのだ。そのあと、大根の投入《しゅ》。色が染んでくるまで三十分くらいそのまま弱火で煮こんで、時間差でみりんをかけて、砂糖を入れて、最後に強火でがっと煮立たせてから器によそって、刻んだ生姜と三つ葉をのせて、それで完成なのだった。

味は、おそろしいほどにおいしくできて、わたしは思わず、おいしい……、とつぶやいてしまったのだった。おいしい……でも、というか、わたしは今回の料理において独自のアドリブめいたものを何か発揮したわけではなく、たんに料理本のレシピどおりに行動しただけなのだから、これってわたしが料理したというよりは、日本語が読めれば誰にだってできる機械作業といったい何が違うのかがわからなくなり、しかし目の前に盛られた有機的にすぎる食べ物はわたしの目の前で作られたものであり、手を下したのはわたしだから、わたしが料理したということになるのだろうけれど、こんなんが料理というのはなんかちょっと違う気が、するんだよね。今回の料理の成功は、単に「間違えなかった」というだけのことで、創意という創意が根こそぎ存在していない感じがするので、あかんことです。

あまりにおいしくできたブリ大根を食べながら、おいしいなあ……。腹立つくらいにおいしいけれど、このおいしさは誰がどのようにつくってもこの帰着であったわけだから、なんというか、そこにわたしはあんまり関係ない、や、関係ないのは上等だけれど、ああなんか、こっくりこない、この感じ。字を読み促されるままにやった結果というのがこれほどまでに達成感のないものかと感心しながらうなだれ、そっか、ということはですよ、どきどきはらはら、これどうなるんですかちょっと先のことって何もひとつもわかりません、みたいな、まさに即興的な成分でみちみちするその過程こそがわたしにとっての料理に重要なわけであって、味はやはり二の次とそういうわけであるのかな。でも料理における最高善のひとつには「おいしくあること」であるはずだから、わたしのこの感想はひねくれているとしか言いようのない体たらくであって、や、でもなあ。言われたとおりにやってうまくできても、そんなの、うれしくないんだよ、ね。

というわけで、軽めの失意のうちに食器を洗い、今度はなにも参照せずに「豚の角煮」、やるしかないなって、思ってる。いま頭にある情報は、豚肉の四角いやつ、おとしぶた、くさみをとる長ねぎ、だけ。味も、何も、わからない。これだけを武器として、豚の角煮を攻略しよう。ってこう書いて、なんかこれって東京で放送されてる日曜の情報番組のとあるコーナーみたいだな。遊園地とか海水浴場とか行く先々で若い女の子に、あれ作ってみてこれやってみてって（春巻きとかかたあんかけ焼きそばとか、そういうの）みたいにお願いして、なんでもひととおり揃ってる台所を用意しそこでやってもらって、みんなけっこう無茶苦茶で、そのできなさ加減ををみんなで笑う、という内容なのだけど、あれって男だと成立しないからムカつくよね。しかしお米のとぎ汁で大根をゆでる日が来るとはなあ。

守ってあげたい

春だ。涙もろくなる季節がやってきた。

あまりに涙もろいので、わたしが泣いているのではなくて春が泣いているのではないかと思えるほどだ。

このあいだ、すごく春の匂いがして、春の匂いがしたときにはいつも春の匂いがしたと、言葉にして書き留めていることに気がついて、何年も変わらないもののひとつをつまんで、へいへい、と笑ってやる。

死んでしまった友達が個人で本屋さんをしていて、そこにあった『春は鉄までが匂った』という本のタイトルがすてきだねと話した、この夏の電話を思い出す。とても優しい子で、今はどこにいるんだろう。本が好きで、優しくて、最後に会ったのは、去年の一月。十九歳のとき、明治神宮の砂利のうえを歩いて、道に迷って、たくさん笑った。最後の一月は、これからずっと遠ざかる。笑った顔も、遠ざかる。生きてることぜんぶが遠ざかる。生きていることのうえに、真ん中に、死んでいることが重なって、生きてる人と話すことが、死んでしまった人と話すことに顔をかえる。自分がどこにいるのか、寝室にいるのに、わからない。

食事をつくって、噛んでみる。味と記憶が重なって、気がつけばおいしさというものがどこからともなく立ちあがる。

人が一生懸命にうたう歌を聴く。涙が出る。わたしは松任谷由実の「守ってあげたい」という曲がすきで、色々な人がこの曲を歌ってるのをずっと聴く。誰が歌っているのを聴いても、胸がつまって、それから懐かしい場所やまだ知らない場所や、これからゆくはずの場所へむかってゆっくりと広がってゆく。守ってあげると言われてしまえば手をふりほどいてどこまでも走ってそのまま死んでしまわないといけない気持ちになるけれど、守ってあげると言ってみれば、生きていてもいいような気持ちになるから、そのたやすさが悲しみのふりをしてわたしを安心させるから、単に心地よくなっているだけなのかもしれない。

でも「守ってあげる」と「守ってあげたい」はちょっと違いのようで全然違うね。

そして男の人が「守ってあげるよ」「守ります」「守るよ」と言うのはふつうだけど、これが「守ってあげたい」になると、ここにも何らかの違いが出る。なにかが減った気持ちになる。けれども女の人が「守ります」「守るよ」と言うのは単に「守ってあげたい」気持ちが強まったように受け止めることができて、ここにも心地よさがにじんでくる。それを腕で押し返しながら、もう誰も守ったりしないし、誰にも守られないっていうことを思い浮かべて、そこに辿《たど》り着くには、いったいどうしたらいいんだろうなって、考える。

体にやさしい40度

『発光地帯』が刊行されてまるっと一ヶ月以上が経ちました、みなさんがもしも楽しんで読んでくださっているとするならば、わたしはとても嬉しいです。いかがでしょうか、いかがだろうか。

それで、発売と同時期に署名本のプレゼントの募集をしたのですが、このたびは数千件もの申し込みがあったと伺って、本当にありがとうございました。申し込みに際して「コメントを書きこむ欄」なるものがあったらしく、そこにメッセージをくださった皆様、ありがとうございました。ウェブ担当編集者の田中さんが転送くださったものを拝読いたしました。

悦びとともに驚きましたのは、第一にみなさんのざっくばらんかつこちらの想像をあますところなく刺激してくださる年齢層。中学生の方からなんと九十歳近くの方までがインターネットでこの「発光地帯」を毎週楽しみに読んでくださっているのだということを知って、まじか！　とひとり真夜中——文字どおり発光している画面を見つめながらワオワオと興奮しておりました。みなさんが書いてくださったメッセージ、拝読いたしました。いつも、本当にありがとう。

いくつかエッセイの連載をしているのですが、ここ「発光地帯」はなぜなのか——もともとブログで日記を書いていたのがわたしの文章の出自だからでしょうか、分量もテーマも特になく、ほかのどことも違った手触り、匂い、風の吹きかたがあってとても大事なもはや習慣の一部となってしまったのですが、しかしこの連載を続けてゆけるのも毎週この日記めいた文章を楽しみにしてクリックして読んでくださるあなたがいるからで、あらためて感謝を申し上げる次第です。あっというまに三年目。百回を越えて、まだまだ書いてよいというお達しもいただきました。一度も途切れることなく書いてこれているのも、ああ今週も待ってくれてるやもしれん、と思わせてくれるとてもみなさんのおかげなのです。

ツイッターやブログなんかで書いてくださった『発光地帯』のご感想も、書籍担当編集者の岡田さん経由で、とてもうれしく拝読しました。「試す」という文章でゲシュタルト崩壊したとおっしゃる方や、眠るまえにひとつひとつ大事に読んでくださっている方や、「世界なんかわたしとあなたでやめればいい」に感激してくださった方、毎週プリントアウトして小冊子みたく持ち歩いていてくれていた方など……とにかく挙げればきりもありませんが大切に読んでくださっていることがひしひしと伝わってくる文章ばっかりで、わたしがその感想を切りとって持ち歩きたいほどなのです。みなさん、本当にありがとう。感謝をこめて、感謝をこめて（ところでこれってせっかくのウェブなのだから、写真とかまったく載せられるはずで、そうすると、なんか鮮やかになってよいのではなかろうか。最近は主旨が甦り料理などもしているのでそのなんやかやなどを載せることができたら……などと書いてみて、そんな鑑賞に堪えうる料理などできていないのでしゅんとなるけど、でもなんか、恥は恥として文字に絵がつくというだけでそれはそれでウェブの悦びが深まるのでないだろうか……ｉＰｈｏｎｅで色々な写真撮れるようになったしなあ……。どうでしょう？）。

今日も料理の持続。詩の前髪が切りそろう。春のにおいが苦しいので、うっかりどうにかなってしまいそうなので外出どきは香水をいつもより多めにつけるのだ。ヴィクター＆ロルフのこっくりとしたおもめの匂い。これは冬にこそ底に佇むよさだけど、春になったけど、まあいいか。飲み物はサントリーのオールフリーを飲む飲む。朝に二本飲んで、夕方に一本、そしていま午前三時に一本飲んでる。味は完全においしいビールで本当にどこからどこまで真剣においしい。でも酔わない。本当に酔わない。酒豪の真似をしてるみたい。どれだけ飲んでも酔わないのだもの。お酒の飲めない友人がオールフリーを飲んで「喉で飲む、ということがわかった」という身体知を言葉にして伝えてくれた。今日はお風呂に一時間半も浸かっていた。しかし温度は体にやさしい40度。

あるいは何が奪われたのか

未曽有の大地震が日本を襲って数日経ちますが、いまだ予断を許さぬ状況です。被害に遭われましたみなさまに、心からお見舞い申し上げます。一日も早い復旧をお祈りしております。

＊

東京も騒然とした日々で、今日は家で仕事をしていたので一歩も外に出ていない。買いおきしてたわけじゃないけど、缶詰とか果物があったのでそれを食べる一日だ。まだスーパーには行ってないけど本当に品物ないのかな。よく言われてることだけど、この買い占め心理ってすごいよね。みんながふつうにしてくれればふつうの生活できるのに。がんばりどころは的確に。具体的な応援として今離れたところに住んでるわれわれにできること——募金と節電、それから自粛ムードをやめにしてどんどんお金を遣うことだと思います。復興へかけてはこれもまた未曽有の長期戦。幸か不幸か何にでも形を変えてくれるお金を届けるのがいちばんだ。なので、西方にお住まいのみなさんは自粛なんてしたりせずに、募金などと並行して、陽気にいつもどおり、愉快な買い物や食事などをして、どうか経済を励ましてください。わたしもがんばる。

*

地震当時は『Hanako』の編集長と担当編集者と、新しい方との引き継ぎも兼ねた打ち合わせをしていました。いちおう阪神大震災の経験者ではあるのだけれど、恐怖は比じゃなかったな。阪神大震災のとき、あれは明け方で、頭も身体もぐっすり眠ってるときだったから感覚もそれに合わせて鈍かったのに加えて「関西にくる地震で大したものが、あるわけない」と、そんなふうな先入観があったのだった。当時わたしは高校生だったけれどそれまで記憶に残るような地震に遭ったことはなく、地震は雪以上に珍しいものだったのだ。ああ、地震、ぐらいに寝ぼけた頭で受け止めて、それでもやっぱり揺れるからそれなりに怖かったけれど、震度は？　なんていってテレビをつけても映っているのはどこかのコンビニのガラス戸が割れてるだけだった。だから明るくなって高速道路がめくれるように倒れてるのを見て、驚愕《きょうがく》したのを覚えている。

でも今回のほうが——この体験が「現在」に近いせいも、当時に比べて語彙《ごい》が増えたせいもあるだろうから比較的、認識がくっきりとしてしまうのだろうけれど、やはり立ちあがってくる理解と生々しさが違うのであって、しかしまだうまく全貌がつかめない。こんな事態の全貌なんてつかめる人がいるとは到底思えないけど、この小さな個人として、どう受け止めてよいのか、とにかく、よくわからないのである。そういえば、阪神大震災のときもそうだった。なんなのかが、わからない。大変なことであること、恐ろしいことであること、天変地異とはこのことだと、そういうことはわかるし、テレビのこちらで見ているだけで、気持ちをのせて想像してみるだけでなんでこんなに出るのかと思うほどに涙が出る。しかし、いま無事に座ってられることの不思議も合わせて、情報も合わせて、何もかもを合わせて、なにか本質的なことがわたしにはわからないのだ。わかっていないのだ。なにがわからないのかも、わからない。しかしわからないなりに考えてみると、少なくともいま何をするべきか、とか、何を思うべきなのかとか、そんな当為に関することがわからないのじゃないみたい。やるべきことはわかってる。仕事をするしかないのだもの。しかし致命的にわかっていない恐ろしい思い出のある空き地のような空白がわたしとも世界ともつかないそんな場所にあって、わたしはそれが恐ろしい。

鶴、忘れてしまうことなど

目の前に折り紙があったので、なんとなく、折ってみようと思った。

けれども頭の中では手順の何もひとつも立ちあがってはこず、でもまあこういうのって触ってれば手が思い出すだろうなと思ったけれど、しかし三角に二つ折りにしたところで行き詰まってしまった。こういうときにするすると鶴などが折れたら身体知の発揮に感動できるのかもしれないけれどなかなかどうして自転車や水泳のようにはいかぬものので何も折れなかったのだよ！　それでもなんとなーくこうかこうかとやってみればそれっぽい感じにもなって指に目に甦ってくるものもたしかにある。折り紙には匂いなどついていないけれど、その周辺がやってくる。たとえば水糊の乾いた部分、ぱりぱりの匂いとか感触とかクレヨンめいた厚みとか。角の潰れた箱の毛羽立ち、机のきずとかニスの興奮その他もろもろ。

まあ折り紙をじっと見つつああでもないこうでもないと錯誤して結局、なんとか方法を思い出して鶴をつくることができたのだけれど、変なことになんだよ上手になってるので驚いた。わたしは読者のみなさまもお察しのように細かな作業がなぜなのか苦手でつまるところセンスがないんだよね！　家庭科の授業などでは一度だけエプロンを縫ったことがあるのだけれど、二時間くらい座りっぱなしであり得ないくらいに集中して簡単な刺繍なども施して自信満々でできました！　と握って振り上げたらスカートも一緒についてきていて何のことはない一緒に縫っていたわけですだよ。オーノー。こういう作業の文脈がいまいち見えないのだよね。そんなわけで三十四歳になった今、鶴のくちばしや脚の先までぴんと緊張感みなぎるかたちできれいに折れたのは目と指といった器官の発達を純粋にみるようでこれだけでも生きてきたことの達成のひとしずくを見るようで人間は改めていうまでもなくとても図々しくできていることよなと笑顔になったりもするのだった。

ところで鶴といえば千羽鶴。千羽鶴といえば集団です。わたしが最後に鶴を折ったのは中学校三年生の修学旅行のときだった。みんなで新幹線に乗って広島にゆくので、生活指導のK先生――それはもう今ではギャグなの？　と思わず笑ってしまいそうな暴力的指導で素晴らしく恐ろしかった先生が張り切って急に慰霊のための千羽鶴をおまえら折りまくれみたいなそれこそ鶴の一声じゃないけどそんなこと言うのでまあそれが決定して、こわいし逆らえないからみんな一生懸命休み時間とか返上してものすごく折ったわけ。でもK先生けっきょく修学旅行にその千羽鶴持ってくるの忘れてきちゃったんだよね！

頭皮にミミズがはってるみたいに電気の蛇行、縞模様。布バッグ・加熱など。チャックの向こうとこちら側。そういえば愛してるのって好き好き大好きなんかいいことしてるからそういうのもっと増やしてこうよ根性&生まれてきたならやっぱ向上心とか超持ってお互いに高め合ったりしてさ、よりよく生きて死にたい根性。黒いビニール、お別れのさようならの発音など。人はたいていのものに飽きてしまう、忘れてしまう、そして悪気はないけどもう振り返ったり、しなくなる。

気のない握手はいやなのだ

きのうは一日中、文章を書かなかったので今日はそのぶん締め切りの上乗せであるのだった。最近は一日二食。間食もする体質になってしまった。これまでお菓子などを定期的に食べることなどなかったのにいまさら気づいたのですけれどお菓子っておいしいものですね。そうですこれは食のエッセイ、主食としては昨夜は秋刀魚《さんま》を焼いたのだけれど、調理器具のおまかせ機能にまかせてみたら焦げてしまって箸に触れる身はかたく見目も黒くかすれていてこれが大変にみじめでした。よかったのはあさりのお味噌汁。これにばさっと三つ葉をのせて、あまり日持ちがしないから買うのを躊躇《ちゅうちょ》したけれど買ってよかった壬生菜《みぶな》のおつけもの。酸っぱいうめぼしも小皿に載せる。賞味期限の切れた卵がたくさんあったので（ぶっけないよ）ねぎを入れて卵焼きにする。ほかには水菜とハムとたまねぎのサラダなど。被災地ではお腹を満たすことも難しい状況がつづくなか、普段どおりの調理をして普段どおりの食事がここにあることを匂いながら何度か噛む。

場所というもののことを考える。この災害が、おそらく未曽有の事態というしかないようなこんな結果をもたらしているように、そのときがきたら東京だって大阪だってどこであったってあんなふうに日常が奪われてしまうことがあるだろう。ただ今はここがただそのときではないだけのことで、しかしそのときがくるまで今はそのときではないのだから、わたしはこのようにして呑気に食事をすることができているのだろう。東京。

今日は洗濯機を二度回して干し終わってからとてもいい天気なのだということに気がついた。つづけて本の整理。今年で読売新聞の読書委員は二年目。この原稿を書きながらわたしはなんとチップスターを食べている。飲んでいるのは熱い紅茶。スノードームと鹿。ニットの模様のついた湯呑み。それからマカダミアンナッツまである仕事机の上だった。突き刺さっている鋏《はさみ》。取っ手が銀の。お馴染みの、丸を数える儀式など。コンセントってびりびりくると思ってた。

明後日からしばらくのあいだ犬を預かることになっていて、名前はムッシュと博士といいます。赤ちゃんのころから知ってる二匹。年齢はもう十二歳とかそのあたりでどちらももう老犬なのかな。朝夕と散歩に出るなつかしさ。ヘルニアを患ったことがあるのでひょこひょこと歩いているのをみるだけで不憫《ふびん》さが炸裂してしまう。大事にしよとぐっとなる。このあいだ会ったら鼻の黒い部分の面積が広く長くなってて、よく見ると毛がぬけて地肌のようなものが丸見えになっているように見えたのであれは痛くないのかな？　あの毛の下はすべて鼻だというのですか。

昨夜はなんだか急に映画が観たくなってそれも長いのをずっと観たい気持ちになって『ゴッドファーザー』があったのでとてもひさしぶりに続けて観た真夜中、わたしがこの映画で好きなところはセレモニーぜんぶ。明るい庭での結婚式、洗礼式、葬式、葬式。まるで儀式と儀式のあいまに人の一生があるみたいでいいね。

リップクリームを塗っても塗っても枯れてゆく粘膜、長女の憂鬱、花瓶など。夜また漕いで呑み込まれてゆくふりをする夜、なかなかの手拍子、何度だって言うけれど、気のない握手はいやなのだ。

これは魔法少女のゆううつではない

ああ、なんともいえず静かな毎日だ。世界はどうか。木曜はいかが。何かが決定的に変化したと思わざるを得ない中にも、やれんほどに、どうにも、変われないものが引き続きこの世界の真ん中あたりにいて、この世界をじっと見るしかないのも事実なので、こわいとき、寂しいとき、どうしようもないときは、深呼吸して、夜なら朝が来るのを待って、待たなくっても、時間が経てば必ず朝がやって来るということを言葉にして言い聞かせて、その同じものがかつて見聞きし触れたことのある、何か素晴らしかったもののこと、うれしかったもののことをちからをこめて思い出そう。思い出せる機能、想像してみる機能、わたしたちにはその気になればなんだって、再生することのできる装置があるよ。

四月の収穫、思い出す機能はいつも自分に

　地震のあった日のお昼は、雑誌『Hanako』の編集長とこれまでお世話になった編集者と、引き継いで新しく担当してくださる編集者と四人で食事をしていたのだけれど、そのとき旧編集者から、わたしは椎茸をもらったのだった。

　椎茸といってもできあがったものじゃなくて、四角くてなかなかにずしりとした手応えの菌床（っていうのかな）、家で栽培する用のいわゆる椎茸キット。簡単です簡単です、と言ってくれるのでようし、みたいな気分になって帰ったらすぐにやってみるぞと思っていたけど、ご存じの通りの大災害の大混乱があったためにしばらくは開封できなかった。それでようやっと落ち着いたある日に、袋から取りだしてみると、すでに面からはきのこらしい膨らみがあちこちに見えて、ああ遅かったか、もしかして腐ったのかなときのこにあるまじきことなどを思ってみてしゅんとしたのだけれど、説明書をくんくん読んで一応なんとかやってみた。

　とはいっても、わたしのやることとしては開封して、一度だけばしゃばしゃ水で洗っ

て、それから一日に一回か二回、霧吹きで水をあげるだけ。それだけで立派な椎茸ができると書いてある。ビニルの袋を被せてやれば、湿度が保たれて水が少なくてもぐんぐん育ちますと書いてあったけれどそれは本当にそのとおりだった。

そんなに寒くならないキッチンに置いてやればだいじょうぶ。収穫のサインは、きのこの傘の裏側のあのしわしわが見えるようになったころ。一晩を過ぎ、朝がきて、そういうのを何回かやりすごすと、まじか と思うほどに傘がふくらみ成長している。

一度にもこもこ五十個くらい生えてくるときもあるらしいけれど、わたしの場合は、めぼしいのが数個にょきにょきしてきた程度だった。けれども見た目にもはっきりと椎茸然とした立派な椎茸ができあがっていて、どれだけ見ても飽きたらずほれぼれしてしまう。正確には自分で作ったわけでもなんでもないけど、自然の営み、とりわけ口に入れるものの成長などをこれまでにない距離で見るとけっこう気持ちが高揚するものなのだなあ。こどもでも動物でも植物でも、もちろんまったく向かない人もいるだろうけど、何かが育つということに善きムードを感じるような設定はどこからきているのだろうか。たかが椎茸、されど椎茸。それで今朝、どきどきしながらもいでみた。

ただ数日にわたって数回の水やりをすることだけで椎茸ができてしまうことにわたしはひきつづき興奮し、頭には「椎茸農家」とか「椎茸栽培家」みたいな言葉が浮かんでは消えていったけど、しかし目の前にあるのはまぎれもない椎茸なわけで、これってほんとうに食べられるんだろうかとほんの少しは思わないではいられないくらいにわたしはどんなかたちであってもこのように食用の何かを育ててそれをもいだことはなかったのだから、うれしさもやはりひとしおなのである。預かっている犬たちの散歩を済ませてストレッチをして、さて朝食を食べようとして、もちろん材料は椎茸ですよね。

献立はにゅうめんです。椎茸の出汁《だし》五百ミリリットル（目盛りのついているお鍋なのでらくちん）にしょうゆとお酒と生姜のみじん切りを入れて、沸騰したら、「揖保《いぼ》の糸」を一束いれます。ぐるぐる四十秒ほどかき回したら溶き卵を入れて、ねぎか三つ葉を散らして完成。調理時間は全部で数分です。煮すぎると、ほんとうに「にゅうめん」みたいなぐだぐだになるので、「揖保の糸」を固めにいただくのが美味しいのです（食べてるうちに柔らかくなるし）。わたしはそこで大量のお酢を入れて、ついでに唐辛子など。梅干しを入れてもおいしいし、基本的に何にでも合うし、お鍋ひとつで作れるので、朝とか、昼とか、おすすめなのだった。そして夜は、残りの椎茸でお味噌汁を作って食べる。ごはん、しばづけ、牛タンなど。牛タンは、強火でさっと焼くとおいしいのだな。

産毛に輝く植木鉢など

春らしい天候がつづき、花なども咲いている。コンクリートは白に、まだらに、光っている。誰が悪いわけでもないけれど、という言葉が浮かぶ。誰が悪いわけでもないけれど。

朝は六時に目が覚めるこの十日間、犬を預かっていたので散歩のリズムが伝染して、帰ってしまった今でもそれは継続されていて、かわらず散歩に出ています。帰ってくると七時、あまり食べなかった食パンを食べるようになったのは調理というほどの調理が必要じゃないからで、それに豆乳をごくごく飲む。ウインナを焼く。色んな銘柄があるけれど、わたしはシャウエッセンのソーセージをつづけて食べてる、と今書いて、ウインナとソーセージの違いってなんだろう、と今思って、検索すればすぐにわかることなのだけど、答えはそのままこの発光したる四角の奥に置いたままにすることを選び、出合い損ねることを選んだ今。

豆乳にも色々あって、甘いのも甘くないのもあるけれど、いちばんおいしいのは何と言ってもお豆腐屋さんで出してくれる豆乳だ。生あたたかくて、なめらかで、つるつるしている。とてもきれいな面をしたきれいな布が喉になだれこんでくるみたい。ときどきそうやって出掛けた先にお豆腐屋さんがあると一杯飲んだりするのだけれど、そうもいかないときはスーパーで買ったのを飲む。これもおいしい。なんというか、何かをくぐり抜けてきた、ある種の厳しさみたいなものが。

パッケージをじっと見る。豆乳でこんなのも作れますよ、こんなに豆乳っていいんですよと目を楽しませる文字や絵で説明書きがついてある。そのなかに「豆乳で健康をとろう」という文章があって見つめてしまう。

健康は採ったり採れなかったりするものではなくてあくまでも状態なのだから、本来ならばこれは「豆乳で栄養をとろう」というのが正しいわけなのだけれど「健康をとろう」と言いたい気持ちはもちろんわかる。現場の人々のいくつかの価値観の変遷《へんせん》を経て、ようやくここまで来たのだなという、まったく関係のないわたしにまでひとしずくの感慨がやってくる。このコピーを決定するに至るまで、いくつの会議があったのかわからないけれど「栄養をとろう」と「健康をとろう」のあいだにひっそりと横たわるしかし巨大な溝を跨《また》いで、いまこうして「健康をとろう」に触れてみるとなんとなーく遥かな気持ちになる。

そして豆乳、体の調べ。人知れずに胃がうす黄色にほんのり光っているみたい。散歩。誰ともすれ違わず、春の匂いは夕方に充満するみたいだ。いまはまだどこでもない朝、おそらく何にも似ていない朝、軒先には、可愛らしい花や木、ほんのりと産毛の輝く植木鉢など。

スタンガンでみる夢は

以前、収穫したと書いた椎茸の調子がわるい。調子よければ、数回のクールがあるというのに。採り終わってからは、休息時間を設けなければいけないと育てるための虎の巻にあったので、わたしはきっちり一週間、寝かせておいた。一週間たってからからになったのを確認したら、ドライバーかなにかでいくつか穴をあけて、それからバケツにたっぷりと水を入れて、重石《おもし》などをつかってそこに完全に沈めてたくさんの水を補給するようにとあったから、そうした。これは十七時間くらい。それで復活の準備は終了とのことで、また一週間したらにょきにょき伸びて、あっというまに椎茸然とした椎茸に育つであろうと、あった。

けれど、一週間待ってみても何にも変化なく、根気よく霧吹きで朝夕と水をやり、念のためにビニル袋をかぶせてみても、椎茸の気配はどこにもない。離れたところからみると、なんというかお菓子というかケーキの「なんとかブラウニー」みたいな感じで、まったく駄目なんである。遊びにきた弟も「スペアリブかと思った」などと言っていた。

夜、さみしい気持ちで虎の巻を再度、読むことにした。

なんでも椎茸は刺激が好きなのらしく、雷の落ちた木にわらわらと生えてくるのも、刺激によるものだと書いてあった。穴をあけたのも、刺激目的なのらしい。だから、育ちが悪いな、反応が薄いな、と思ったら、ちょっと叩いてやったりして、刺激を与えると目をさます、というようなことが書いてあった。椎茸栽培のプロは、よく育てるために、スタンガンなどでばしばしやるということも書いてあった。

それを読んだわたしは、さっそく家にあったスタンガンを持って、ダイニングテーブルのうえにある、椎茸の寝床に向かっていった。わたしは変質者やストーカーに、この数年というもの間接的に、直接的に、慢性的に被害に遭いつづけているので、スタンガンを持っているのだ。まったく心の安まる暇がない。

しかもわたしの持っているスタンガンは驚きの500000ボルト。ゼロを数えるのが面倒な人のために書くと、五十万ボルトである。しかもシェーバーのような可愛いかたちのやつではなく、警棒のようないでたちの、超いかついやつである。

九ボルトの電池をはめて、寝床にかざし、ボタンを押して、びりっとやった。青い小さな稲妻がばちっと光り、しかし効いているのかどうかわからない。どれくらいやればいいのかは、虎の巻には書いていない。

スタンガンはてのひらに、たしかにヘヴィーなものであったが数回やってやめておいた。これでともあれ、椎茸に刺激はいったはずだ。どう？　と聞いて返事があるわけないけれど、なんとなく、喜んでるように見えなくもなかった。ラムちゃん、とちょっと思ったけれど、あの漫画じたいにそんなに思い入れもなかったことに気がついた（歌はすきです）。

しばらくじっと見ていたら、やがて受け皿に水がしみ出しているのが見えた。ま、まるで、これではおしっこを漏らしたようではないか。あっ……と思ったけれど、どうなんだろう。辛くてのお漏らしか、快感のお漏らしの、どっちなんであろうか。言うべき言葉は「ご、ごめん」なのか「な！」であるのか、わからないけれど、このまましばらく見守りたい。

またいらしてね、猫ニャーコ

書斎の窓をあけたところに薔薇の鉢植えを置いて、ときどき眺めるようになった。

今日の気温は二十七度まであがったらしく、日なたも影の色もだんだん濃くなりはじめて、たまにしゃべる人は「春がとんでしまいましたねえ」なんて言うけれど、たしかにそうだけど、やっぱりあったような気がする春。

顔も模様もない黒い猫のぬいぐるみを買ったので名前を「夜」と「夕方」にする。大きいほうが夜で小さいほうが夕方。家具屋で見つけたのだけれども、どこにでも自力で座れるのが売りだと担当のかたが言うので二匹もらって帰ったのだった。たしかに奇妙なバランス感覚で、マックのモニターにも腰かけることができました。

今日は所用で警察へゆき、仕事をしてから、ぐるっと回って全部で九時間家をあけて、それに近い時間を歩いた。上京したてのときに住んでいたマンションのまえを通りかかって、付近のお店が変わっていたり、いなかったりして、けっきょくすっかり様変わりしてしまったように思えたけれど、しかし十年以上経ってこれくらいなのだから、スピードはゆるやかなほうなのじゃないかと思うのだった。不思議なのはさ、何回テナントが入れ替わってもすぐに駄目になってしまうお店があることで、あれはいったい何だろうね。その両隣のお店などはけっこう流行っていたりして何年も何年もいい感じで営業していたりするのに、なぜかそこだけ潰れたりしてしまうそんな場所があるみたい。

そんなことを考えながら十年ほどまえによく行った大きな公園をぐるりと歩いて、当時にはなかった花がたくさん花壇に燃えて、わたしは「グリーングリーン」を歌うのだった。子どものころ、この歌を音楽の授業で覚えたとき、「色が燃えたりしてもええんや」と興奮したのを覚えている。字面としてはたぶん「萌える」だったんだろうけど、ひらがなだったから、「色が燃える、しかも緑色が燃えてる」と思えばうれしかった。犬や赤ん坊や学生たちとすれ違い、粉のような虫が空気の流れに盛りあがっているのが見えた。

書斎の窓をあけたところに薔薇の鉢植えを置いて、よくよく眺めるようになった。

ぼうっとしてたら猫が一匹やってきて、鉢植えのまえのコンクリートのスペースに体を押しつけて、無我夢中でごろごろやってるのを見つけてしまった。最初はこちらに気がつかなかったけど、目が合うとぴたりと静止して一目散に逃げてしまった。驚かすつもりはなかったけれど、けっかてきにはどきどきさせてしまっただろう。近所に住んでる（何度か見かけたことがある）あのもう若くはないニャーコなりの憩いの場所であったのだろうな。なのでもう一度来て、という意味で、鉢植えのまえに大きなにぼしをふたつ置いて、仲良くしようという感じ。

歯科医院にて

のびのびになっていた歯の治療、いくらなんでも、もうそろそろ行かないといけないよねってことで駅前の歯医者に一週間前に直接窓口へ行って問診票を書き、予約を入れて、今朝いちばんで行ってきた。なかなかきれいな医院で、医師がひとりに対して歯科衛生士、助手が五人もいて賑やかな印象であった。

まず衛生士に歯の調子をみてもらって、幾つかの質問のやりとり。医師がくるまでじつに二十分ほど横になってぼーと窓の外を見る。医師がきて、口のなかを覗き込み、さっき衛生士に答えたはずの質問を最初からされてしまい、しかたがないので、答えをもう一度答える。しかしこの医師の話し方がなんというのか、偉そうなのを絵に描いたような物言いで、わらえるほどに威圧的なのだった。わたしは左の奥に子どもの頃に抜かれたままになってる箇所があって、そこにブリッジをしたほうがよいのかという心配をもっていたのだが、安定しているから入れなくてもよいと答えてくれて、それはわたしも承知したのだが、何度もブリッジの話をなげてくる。なげてくるので、入れたほうがいいという考えもあるのですか？　と質問したら、わたしは要らないと言っているので信用できないならよそに言ってきいてみれば、と返されて、わけがわからなくなるのだった。

印象も対応も最悪だったけれど、それでもまあ、色々あるなかで予定を組んでせっかく来たのだしと思って、レントゲンを撮ってもらって、治療の必要がある歯を教えてもらったのだけど、診療台のうえで口をひろげているわたしに「で、今日はこれからどうしますか」ときいてくる。わたしはさらにわけがわからなくなり「治療をはじめてください」と返すと「今日一回じゃ終わりませんよ。すごく時間かかりますけど」と言う。「今日はどれくらいかかりますか」ときいたら「三十分です」。「それくらいだったらだいじょうぶです。お願いします」（むしろ短いくらいだし）と言うと「でも今日だけじゃなくて何日かかかるよ」。ひとつの虫歯に対して何工程かが必要なのは知っているので「はい、だいじょうぶです」と答えると「ここがね、治療が必要な歯で」と言ってから、しかし治療をはじめる気配がないのだった。そしてなぜか立ち去ろうとするので「終わりですか」と聞くと「次回また予約とってもらって」みたいな感じになって、完全にわけがわからないのであった。

歯医者にかかるのはじつに五年ぶり以上なので、治療の受け方が根本的に変わったのかとまじでまじで考えこんでしまったが、そうなんですか？　どう考えてもおかしいので、疑義を呈し、治療方針の説明にしても説明になっていないし、予約をとって来てこんなことでは、治療をしてもらうのにはいったいどうしたらよいのかときいても、要領を得ない。まったく理解不能かつ納得ができなかったので埒《らち》があかない。もういいですと言って、わたしは自分の疑問と抗議を受付にしっかりと言い残して、もうこちらではお世話にならないし、今日の来院じたいに意味がなかったので代金は支払わずにこのまま帰ると言って医院を出た。

なぜなのか「歯科医が治療をするのが面倒臭かった」と思うしかないんだけれど、あのやりとりの意味がどれだけ考えてもよくわからない。でもまあ、世の中にはこのようにシンプルな構図においてもかみ合わない事態があるのは茶飯事と言えば茶飯事だし、わたしは思ったこと、言うべきもはっきりと言ったし、まあこんなこともあるよねと思いながらも家への道すがら考えた。

もしこれがわたしの母のように——病院の先生というものを頼りにし、基本的に従順な人たちであったなら、ただでさえ緊張する歯科治療の現場にかさなるあの医者の威圧的な態度にしゅんとなり、そして言われるがままに代金を払い、ストレスだけを持って帰ることになったんだろうな、と思うと猛烈に腹が立ってくるのだった。

わたしはわたしが言い返したときに医者がすこし狼狽《うろた》え、いきなり丁寧な口調に変わったのを見逃さなかったので、結局ふだん、弱い者だと見当をつけた場合にはあのように高慢にふるまい、ストレスを発散して優越感を維持し、そういうふるまいが通用しない相手であると知るやいなや狼狽して急におどおどと態度を変えるようなそんな体たらくなんである。最悪である。

ああ世の中でそんな脆弱で貧相な自意識――小さなお山の大将根性&万能感にさまざまな意味において食い物にされているお年寄りや内向的な人々が今もいると思うと腹立たしさはどこかしらのてっぺんを突き抜けさらにぐんぐん伸びてってそのうちぽかんと爆発してその爆風の威力と応援と正当性によりさらに怒りが倍になるような気がするのでなんか色々大変である。

きちんと布してもらうように

このあいだ、歯医者に行った話を書いたら、友人からメールが届き、「東京の、というか最近の、というか歯医者って一度目はレントゲンを撮って治療方針を話して終わり、という流れらしいよ」というので驚いた。

いつからそんなことになっていたのかまるで知らなかったので、そうか、そんな常識になっていたのかとさらに倍くらい驚いた。数年前に治療に行ったときは（烏山にある、昔からあるとても評判のいい歯医者さんだった）、そんなことなかったので、やはり最近の傾向なのだろうかなあ。

しかし「今はそういう流れで治療するのが主流ですから、今日は治療いたしません」ということなら、あきらかにその主旨をこちらが理解していないのはやりとりにおいて自明なのだから、ひとことエクスキューズをくれればなんら問題なかったはずなのに、それがでない程度にはもう、これは東京の常識として徹底して周知されているということなのだろうか。謎なのよ。みなさんは知っていましたか。

しかし。先日の医師の態度の横柄さは、治療方針の双方における理解のあれこれとはまったくの別枠で、かなりな態度であったことはまぎれもない事実なのであって、やはり思い出せば気持ちが固くなるところもあり、必要以上にフレンドリーであってくりゃれとは思わないけど、なんというか、ま、ふつうな感じで接してくれる医師であればそれでいいのだと思うのだった。そして、やっぱり時間のない人向けに、一度目からちゃんと治療してくれるところもあるらしいので、これからは先に問い合せて出かけるといいらしいです。それにしても歯医者も変わったんだなあ。わたしは歯にまつわる全般がどうにもすきなので過去に歯科助手のアルバイトをしていたことがあったけれど、そのころからはいろいろなことが変化したのだろうなあとしみじみだよ。

深緑のスカートと、オレンジのタンクトップを着て花などをいじっていると、自分が逆立ちしたにんじんみたいに思えてきて、幼稚園のころのお遊戯会で「一本でもにんじん」というような歌詞のある男性歌手の歌にあわせて踊ったことを思い出す。小学校の運動会ではマイケル・ジャクソンの「スリラー」と、ドラゴンクエストの荘厳なテーマ曲。高校生では何もなかったけれど、そういえば文化祭では女の子でバンドを組んで歌などをうたったりして、お化粧道具がなかったので歯磨き粉などで眉や唇や髪の毛などを白く固めたりしたものだった。なんかソフトパンクっぽい様々が流行っていたのか、そういう感じで、白いパンストの股のところに穴をあけて首を出して足さきを切って手を出した即席の、スカートは白いカーテンみたいなのを巻きつけて、全身を白くしてみんなでさんざん踊ったりしたのだった。

赤いパーカにグリーンのスカートならクリスマス。いまは夜の9時25分。テレビつけたらクリスマスツリーが映っていたのでじっと見る。「ラスト・クリスマス」まで流れる始末。一ヶ月くらいまえに髪を切って、パーマをかけた（大阪弁では「あてた」だよ）。女性の美容院代はカラーとかカットとか、いくつかしてもらうとかなり高くてかかる時間もうんと長くて、まるで一日仕事なのだ。そして髪を洗ってもらうときに顔に被せられる布が苦手。仰向けの姿勢でじっとしてるのも5分が限界で、それにくわえて視界を奪われるのがたまらない。なのでお願いして布をなしでやってもらう。いいですよお、とにこにこして答えてくれるのだけれども、先方にしてみれば「水跳ねないかとかいろいろ気をつかうのやだな、洗髪に集中したいのに」と心中ではお困りかもしれないけれど、すみませんけどお願いします。それで、洗ってくれるのが女の子だったりしたときに、なんというのか顔のすぐ近くにまで胸が迫ってきて、その角度がすごいのよ。大きい胸でなくても、特筆すべき胸でなくとも、頭をこう抱えてくれるようにして近づいてくる胸部、そして鼻先でそれがブラウスやTシャツの膨らみとともに、実のようにゆっさゆっさ揺れたりするので、ちょっと、いや、かなりどきどきするんだよね！　なんか、ずるしていい目に遭ってるみたいな感じもするし、とにかく「ああ、わたしが男の子だったらば、これはきっとたまらないだろうな」とかそんな詮ないことも思うのだった。だめだね。みんな、きちんと布してもらうようにね。

夏と呼び間違えてしまうほどの午前10時や午後3時

夏と呼び間違えてしまうほどの午前10時や午後3時。散歩などにでかけてよそさまの庭先の花などをみるみる。にわか植物愛好家としては、にわかに彼らを愛《め》でるのに絶好の時期がやってきたことを知るのだった。青々、しげしげ。蜘蛛がきらきらした糸を吐きだしながら小さくゆれて、つぎの場所へ辿り着こうとしているのをじっと見た。

そんなだから、わたしはこのあいだ西武ドームに行ってきた。年に一度のバラと庭のお祭りであって、それはもう、世界中のバラが集められ、いたるところで庭が創作されているのだ。苗も鉢も売ってるし、もうバラと庭に関することの極みが実現されているようなドーム内ではあるのだった。そんなの、興奮も皮膚からにじんで垂れるというものだ。しかし行ったことない場所というのは地理も不安なら交通も不安、なのでパニックになってもよいように、近くのホテルを予約してゆくという周到さ。これが三十四歳のあれかしらん。二十三歳では思いつかなかっただろう予防じみたあれこれは、そこへいけばライフが回復してくれるというおまじないじみた空間のすてき。

会場は、すこぶるバラのすごさであった。森のような。川のような、影のような壁のような、すべてにバラが咲いている。バラだけではなく知ってる花、知らない花、とにかく花で満ちている。日本にとどまらず世界中からバラと庭の猛者たちがやってきてこの日のために腕をふるって、わたしはそれを見たのだった。

それにしてもバラのなんという種類のおおさ。名前をみてもまったくひとつも思い出せない。みごとなかたち。みごとな艶。それらがぶらっと並んでみんな鼻をくっつけたり、写真を撮るのに忙しく、それにしてもすごい人だ、みんながバラに夢中である。

会場ではコンテストも開催されていて、アレンジメント、鉢植え、などなど各種部門の一位や入選や佳作を見た。なるほどねえ、しか言葉もでない。ぱっと横をみやれば、バラの理想の基準というものが細かく書かれたボードがあった。

なるほどなるほど、そのいちいちにうなずきながら、そこには完璧なバラの条件が書かれてあった。ああこれ、この文字で書かれたこれがいわゆるバラのイデアであるのな、文字で書かれたイデアと陳列されたるそれに限りなく接近している生身のバラら。あるところまでゆくと、それは写真でみるのとそんなにもう、違いがわからないのであった。

バラをすきなみなさんは、こうして一年に一度の大会を目指して日々、バラや植物の世話に勤《いそ》しんでいるのだろうな。それはかなりの努力であろう。植物はこちらの気持ちなどひとつもかえりみないのがいいところであるのだから。

ため息つきつき、会場をあとにして、ホテルへもどり、バラのことはちょっと忘れて、ぼーっと頭を白くした。時間がきて、景色の広がるレストランへ行って中華料理を食べたのだった。なぜなのか、あまり食欲のない薄暮、思い出がほどけてゆくようなせつな、夕日がきれい、みずうみも。すると、なんだか、なにもかもがどうでもいいような気持ちになって、それは自棄《やけ》でもなんでもなくて、つまりすべてがそのままでとてもいいということで、善も悪も等価によろしい、かなしいもくるしいも、そんなの上等、なにもこわくないし、なにもそんなに問題ではない、そんな気持ちにふとなって、ここにいること誰もしらない。

抱いてみたいのはきつねの腰骨

すわ夏かと思っていたら今日は冬のような寒さなのでいやんなる。タイツをはき、長袖のニットなどを着る。何かあたたかいもの食べようと朝の八時から貝割れとねぎとキムチのはいった塩ラーメンなどを食したのだった。

寒いのはきらいじゃないけれど、このあいだ羽毛布団を奥にやったばっかりだ。もういちどひっぱりだしてきてカバーをかけずに体にかけた。昨夜の話。生活の快適の向上をはかるためにピローケースとシーツにはふきかけているホワイトティー（ってなんなのですか？　白茶？）という名の布のためのフレグランスがほんとにいい匂いがして鼻腔、という漢字が頭にうかぶ。いま喜んでいるのは鼻腔だなとそう思う。最近はこういう些細な贅沢というか気のつかいかたにもなんだか罪悪感を覚える機会がうんと減った。過去と今はそれほど関係ないのだと、あるいは、誰彼とわたしはそれほど関係がないのだと、そう思える図太さが浸透してきたせいだ。そしてその浸透が効いてるあいだは快適なのだから、そしてその浸透が去ったあとには憂鬱になるのを繰りかえすのだから、ほんとにわたしはいい加減なつくりでできてる加減というものだ。

温かな紅茶を飲んで、午前中は日経新聞のコラムを書く。原稿用紙で何枚だろう？　わたしはコラム・エッセイは文字数で計算するのでぱっと浮かんでこないのだった。このヨリモの原稿の文字数は決まっていないから、横っちょにでる枚数の文字で判断してる。だいたい三枚以上、というのがルール。それでもたいていお好きにやってくださいと担当の方が言ってくださっているので、とても悠々うれしいのだった。それにしてもご依頼をいただいたときは三ヶ月の約束で始めたこの連載も、今ではいったい何ヶ月経ったろうか。というか何年目？　一回も休まず、こうやって続けることができて、そしてこのあいだは本にもしていただいて、ああこれもそれもみな、毎週この文章を楽しみに画面のまえで読んでくださってるみなさんのおかげなのだった。わたしはほんとに感謝しています。ありがとう。

今日はこれから読売新聞まで行って読書委員会。そのまえに大きな書店へ行って新刊をチェックしてくる予定。読書委員会にも山と本は用意されているのだけれど、いかんせん文芸書は完全に揃ってるとは言い難いので（当然だけど）。本を読むのが遅いスピード。眠るまえにページをひらくと顔からにゅうっと吸いこまれていくかのよう。思い出は、判別不可能、いつだって何だって、非常に転がってゆくものです。ときどき、小学生の頃のことを思い出す。走っているときの地面の色とか、景色めいたものあれこれ。あの会話も、あれもこれもじっさいにあったことで、思い出せば思い出すほど、人生というのはそれなりに長いものだと実感できるものですね。だってあそこを歩いたときも、あんなふうに遊んだ日々も、おなじ自分がしていたこととは到底思えない感じになっているのだったもの。ことしの夏で三十五歳。母がわたしの年齢のとき、わたしは十三歳だった。いまのわたしに中学一年生の子がいたらどうだろう。抱いてみたいのはきつねの腰骨。

いつもより記録に近くなってゆく

銀色のはさみ。雨のカーブ。服の形式、発光している結婚式。イマージュは連綿と、眠りに落ちることをいまだ拒否。これまでひたすら素晴らしかった、3つの瓶を賞賛しよう。あまりにクール、とたんにクール。有名な出来事として、この5つが挙げられない！　冴えぬR、冴えるX、すみやかに文法を獲得して、時刻が間違ってるの・まだ。

海苔とすみれのポテンシャル

やっぱ海苔はすごいなと思う朝食ではあるのだった。

お味噌汁でもたまごのおつゆでも、海苔が入るとなにかがぐんと広がるのである。あの濃い色したシートに練り込まれたるポテンシャル。池尻の近くにある有名な壺焼きカレー店「ビストロ喜楽亭」で、いつだったかサラダを注文したときに、いっぱいにスライスされたたまねぎの上に刻んだ海苔がこれまたたっぷり振りかけられているというか、盛られていて、これが大変においしくて、おいしいおいしいと何度も言いながらおいしく食べた。サラダを作る極意は、なんて料理の初心者も初心者のわたしが言うのも恐縮ですけれど、やっぱ水切りだと、思うんだよね。それから素材の組み合わせだと思うんだけど、たまねぎ、できればアーリーレッドがあると見た目もきれいで、それだけをスライスしてそこにピーマンの千切りを加えればそれだけで完成したよい感じになるのだった。サラダに使う野菜は無数にあって、レタスにも種類はこれもう様々、サニーとかロメインとかブーケとか、ルッコラとか、あとなんだっけ、フリルアイス、サラダ菜、きりがないんでしょうけれど、ちぎったり切ったりするのが案外面倒臭いじゃないですか。でもたまねぎとピーマンだけなら気持ち的にもすっきりとして、けっこう長く続けられる、サラダの製作と、摂取を。

町田康さんより、新しいエッセイ集『猫とあほんだら』をご恵投いただきさっそくに読む読む。原稿あるからなあ、終わってからじゃないとなあと思いつつページをめくればあっというまに最後まで。ポストカードも入り。写真も随時。わたしは町田さんの愛読者であるのでブログなどでは町田さんちの動物たちのお写真を拝見しては、かわええかわええとよくパソコンのまえでデラデラはあはあしているのだけれど、去年の夏、お仕事でお会いしたときに町田さんちの大きなスタンダードプードル二頭にじっさいに会えたときには静かに感動したものだ。おっきくて、ふわふわで、どかんと体ごとこっちにきて、すごくかわいいんだよ。

エッセイは瀕死《ひんし》の子猫をある町で物件を探していた町田さん夫妻が軒先に発見し、救出するところからはじまるのだけれどわたしはその夜、夢をみた。わたしもその物件の入り口に立っていて「ここが、町田さんが猫を見つけるところだな」と思って猫を探しているのだった。すると町田さんのエッセイにあったとおりの手のひらにのるほどの小さな二匹の猫が震えているのを発見して、がんばれがんばれ、もうちょっとで町田夫妻が来てくれるからねと応援し、植木の陰に隠れて事のなりゆきを見守っているのだった。つまり、わたしは町田さんのエッセイのなかの物語と時制に入り込み、しかしカメラの位置は出来事が起こる少しまえに据え置かれ、なんとも妙なあんばいであるのだった。おまけに「ああ、わたしがいまこの場所にいるのはあれだな、夕方に町田さんのエッセイを読んだからだな、わたしはいまエッセイのなかの記憶にきているのだな」ということをわたしは夢のなかで理解しており、町田さんの手によって書かれた文章が見せる映像のなかで、あれやこれやとしていたわけである。なんとも妙な位相というか連鎖というか、あんばいで、夢とは何度見ても、見重ねても、贅沢かつ不可解極まれるものであるなと思うのだった。

家のまえですみれの鉢植えを世話している。花が落ちてしまったあと、なかなかつぎのつぼみをつけてくれない。薔薇は順調。うどんこ病にもならず、虫もつかず、青々としたつぼみが無数についた。問題はすみれ。それこそサラダみたいな具合であって、花の雰囲気はまるでない。すると通りがかりのご婦人が、この葉っぱ、何のお花? と聞いてきたので、すみれです、と返事すると、あら違うわよ、すみれはこんな葉っぱじゃないもの、何か違うお花じゃないの? と言うので、不安になった。今まですみれすみれと思ってた花と土がそうでなかったのかということで。そして部屋にもどって、けっこう苦労して調べてみたら、やはりあれはすみれであった。似たような葉っぱがあるのかもしれない。諸般の事情により、いよいよ小説を終わらせなければならなくなった。日々が崩壊の兆しをみせる。お風呂もごはんも人も何もかもがどうでもよくなっていく、この感じ。一行と一行のあいだに睡眠を差し入れてどこかへ隠れてしまいたくなるこの感じ。せっかく慣れてきたようなふつうの生活のこのリズム、なんとかこらえたいのだけれども。

日常の6割以上に支障がでる舌

お腹がそんなに減るでもないのだけれど、規則正しさを維持すべく、お茶碗にごはんをよそってあんまり乗り気でもないままに口に入れて噛んでみたら、死ぬかと思った。何が起きたのか一瞬わからなくなってわあわあなったのだけれども、自分口腔史上最大の勢いと力でもって、思い切り、これがほんとうにもう思い切り、舌を噛んでしまったのだった。驚いた。

全身にびりびりとしか言いようのない衝撃が走りまくり、あまりのすさまじさに体に模様ができたのではないかと思うほど。座ってられないほどのショックで、涙がひとりでにぼろぼろでるわ、あいた口は塞がらないわ、唇のまわりが濡れてるわで、そしてひっきりなしに血の味と匂いがするのだった。

ずいぶんまえに男性の友達が、いわゆる睾丸《こうがん》の痛みについて話してくれたことがあるけれど、それは本当に痛いのだろう。誰にきいても痛いというし、その痛みを語る顔のゆがみかたからして痛いというそれはそのままで、なのでそれは本当なんだろう。具体的にどこがどう痛いのか、想像もあまりできないけれど、まあ本当に痛いものなのだろう。

その彼が学生だったころ、野球をしていてキャッチャーだったのだそう。それでその硬球が睾丸を直撃したのだけど、気を失うくらいの痛みはもちろん、さらに恐怖だったのは、いま自分の睾丸あたりがどうなっているのかがこわくて見ることができなかったということで、間違いなく僕の睾丸は砕けちり、もげ、もう血だらけのぐるぐる巻きになっているに違いないというほどのそれは痛みであったのらしい。

その話を思い出す程度にはわたしの舌はなんというか大阪弁でいうところの「めっさえげつないかんじ」になっていて、顔全体が工事現場のコンクリやアスファルトを砕くあのドリルでガンガンにやられてるような具合であって、もちろん鏡にそれを映すことなどできなかった。だって、舌がちぎれていたら、どうしたらよいのかわからないもの。でも、ちぎれているんだろうなと思うくらいには非常事態で、おそるおそるティッシュをあててみたらなにかを漏らしたみたいにみるみるうちに真っ赤にそまり、あててもあてても、追いつかない。自分の口のなかで何が起きてるのか直視できないくらいにこわい。舌を噛んで死ぬ、という行動というか表現がいっとき流行った（流行ったわけでもないか）らしいけど、死に至る理由としていくつかうわさがあるらしく、ひとつには出血多量、ふたつにはちぎれた舌がくるくると巻き戻って気道をふさいでしまうというもの、そしてみっつには、痛みによるショック死、というわけで、巻き戻る気配は今のところないけれど、かなり痛いのであって、でも痛い痛いと思えている今というのは、その死に至るショック場面はとうに行き過ぎているのかどうか、あれこれ考えるも、とにかく痛いことには変わりなく、しかしあくまで鏡は見ずに、そのままタオルを口に入れたまま、ベッドに横になったのだった。

それで、ま、ひとり静かに大騒ぎをしていたのだけれども、いまこのようにして経過を文章化できるていどには恢復して、病院にもかからず済んだわけであるがしかし、舌はざっくりと切れてる感じ、いまはクレーターのように丸く黒く盛りあがり、見ているだけで気が滅入る。水を飲んでも沁《し》みるし、何か食べてもいちいちズキンで全身が硬直して、肩も首もぱんぱんに張って、いちいちがもう、やってられない。どうせこの傷、そのうち口内炎（最悪！）に変化して、今度は長きにわたってわたしの生活をいっそう滞らせてくれるのだろうよ、なんて毒づいてみても、自分の不注意なのだから誰のせいでもないけれど、でも口の動き、舌の動きってほとんど自律神経の範囲みたいな感じがしないでもないじゃないですか。舌を嚙むのは疲れている証拠、とかよく聞くけど、疲れてるときに炸裂する痛みとしては、ちょっとひどすぎるんじゃないだろうか。ああ、昔の人でほんとうにいたかどうかはわからないけど、舌を噛んで死ぬ、なんてことをやってのけるのは、なんか死ぬこと以外の覚悟というか、なにかものすごいものを持っていないと、そのステージにまでゆけないようなそんな気がする。まだ痛い。みなさんも大きく口をひらいて、大きく口を、動かすように。舌が傷つくと、日常の6割以上に支障がでるよ。

眼鏡、インコ、郵便受けなど、不穏なみっつ

いよいよ年貢の納めどき、では全然ないけどまあレーシックしどきかなあと思っていて手術の予約を入れてみた。まず検査をパスせねばならないのだけれども、検査のためには傷を癒やすためにコンタクトレンズを最低二週間は外して生活しなければならないわけで、しかしわたしは眼鏡をまるでもっていない。思えば十三年間くらい、眼鏡を所有せずソフトコンタクトレンズだけで生きてきたのである。なので眼鏡が必要なので(わたしの裸眼は０・０３、水の中で目をあけているようなのです)、眼鏡を買いに、眼鏡屋さんへ行ってきた。

もし検査を突破して、手術をして、よしんば空を飛ぶ飛行機の航空会社のロゴまでがはっきり目視できるような視力を手に入れた場合、この眼鏡は目的を失うわけであって、この寿命の短さに胸はそわそわするのだった。そしてきのうから十数年お世話になったコンタクトレンズとはさよならをし、短いあいだのつきあいになるとはいえ眼鏡の生活に突入したのだけれど、見え方が慣れなくって、頭がずっきん痛いんだよ。コンタクト

レンズがどれほど眼球に寄り添い、また世界とのズレを少なくしていてくれたのかを思うと、コンタクトレンズの発明者へなのか、購入しつづけたわたし自身へなのか、レンズそのものへなのか何なのか、感謝の気持ちでいっぱいだ。その点、眼鏡は眼球と距離があるし、平らなものをみても画面が湾曲してみえるしさ、階段など降りるときは段の高さにいまいち自信がもてなくて、おしりをなでられるような恐怖がある。こわす。まあすべて慣れの問題であるのだけれども。

いまはずっと小説をやっていて、大笑いして床をごろごろーっと転げ回りたいくらいの修羅場がつづいて鼻水がでていても拭く気にもならない。去年の五月に書き始めて、しばらく書いて、九月から半年以上中断していたのをこの六月に再開してなんとかやっと終わりそう。そんなに時間をかけて書いているわけではないけど、小説が終わりにむけて巻きあがろうとする時期には独特のうねりと不安と高揚があってしんどいのとうれしいのがべっとりだ。しかしきのうは柴田元幸さんが責任編集している『モンキービジネス』への寄稿の約束のしめきりが迫っていたので、一日しか時間がないという発狂寸前のスケジュールだったけれど、ええいままよ！　と書き始めて五十枚弱を無事入稿することができました。みなとても喜んでくれてよかったです（↑なんか小学二年生になった気分）。つぎの号に掲載だから、もしよかったら読んでください、なー。

このあいだ、夕方散歩してたら、気持ち悪いくらいに鳥が鳴いているので顔をあげたら、すべての電線にびっしり敷き詰まりながらぎっしりにとまっていて、どうしたことなの、そのシルエットがおそろしかった。遠くの、近くの森なのかどこなのか住処《すみか》から飛んできて、何千羽という鳥がまるでこの世のおわりのようにギョエギョエ鳴いているのである。なにごとなの、と聞いても答えてくれるはずもない。近所の奥さんも出てきて、とおりすがりの人も立ちどまって、いったいこれなんなんですかと肩を寄せて不安をもちよった。巨大なインコであるらしかった。ものすごく得体のしれない不安な気持ちで夕暮れの坂道をてくてく歩き、部屋に帰ってからなんとなく弟に電話してみた。声はあかるく元気だった。

「最近、郵便受けから不在配達通知を盗み、偽造した受取人名義の健康保険証や運転免許証を持参して来店し、クレジットカード在中の簡易書留郵便物などを詐取する犯罪が発生しております」という、郵便事業株式会社からの注意をうながす、ちらしが入っていた。読むだけで目が四角に固まってしまうこの感じ。あの手、この手と考えつくものだなあと感心しつつ、でも郵便受けのことって具体的にはどうすればよいの、という感じ。けんのんのん、けんのんのん。

初発の、はじめましての、不安の、足どり

＊あじさいから水まで八年

このあいだ買い物へでかけてあじさいのおおきな房の下をくぐったら空が何となくの金色に染まっていて、広がっていて、そこから明るい雨がふってきた。ああこれのこと、いつかみたこれのこと、わたし知ってる、それにしてもきれいだなあと思うことなど。熱がでた夜は水がつめたくておいしいと思うことなど。そして冷たい水をおいしいと思ったときに、かならず思い出してしまう、ハイジのことなど。フランクフルトのクララの家で、大人が話をするのでそこにいたハイジに席を外させるために、冷たい水を汲んできてくれとクララの父親がハイジに言うのだけど、ハイジはほんとうに冷たい水を探し求めてちょっとした冒険みたいなことになってそれでもすごく冷たい水をもってくることに成功して、その水を飲んだクララの父親がとてもおいしいと言ったことをわたしは冷たい水で思いだしてしまう、そんなことなど。

＊はつ恋を埋め立てる

さすがに梅雨で雨はよく降るので花に水をやらないですむのが楽なんだけど淋しい感じも少しあって、それにしても雨はよく降り、世界を無言で濡らすのだった。なんだっけ、雨といえば思いだす歌もいくつもあるけど、あれはたしか光ＧＥＮＪＩが歌ってた「RAINY GIRL」っていうのがあってそれもひとつなのだった。知ってるかな。小学生のころに姉が聴かせてくれたんだけど、いまでもぜんぶ歌える不思議。なかなか静かにそわそわさせてうっとさせる曲だと思うのだけれどさっきYouTubeで聴いてみたらやっぱりそうで、でもこれは曲がどうとか、歌手がどうというのではないね。そわそわするのは、子どものころの半分生きてて半分生まれてもない感じのあの手触りに結びついているからで、初発の、はじめましての、不安の、あいまいなあの日々の足どりに、ぴったりしてるからという話だね。あと雨は関係ないけれど「バナナの涙」とかね。これは小学校三年とかだったっけ。いずれにせよ流行曲には好き嫌いとか理解とか主観を飛び越えて、そのときを生きた多くの人の一部分をぎゅっと束ねてそれをつかんで好きに勝手にゆらすちからがありますね。なんかのボタンみたいだね。

それにしても、わたしは片思いを歌ったうたが本当に性にあっていて、好きで、こう、成就した男と女がこれからどうとか、付き合っていくうえでの悩みとかうらみとかそういったものにほんとにあんまり興味がないというか、年をとるごとに、きれいにどうでもよくなってゆく。つくづく少女漫画脳というか、はつ恋とか実らない恋とか片思いとかそういうのしか、人生にはもういらないような気がするんだよね。

＊紙たち

短編小説のゲラを返し、エッセイの連載がまとまる単行本のゲラを返し（あとで郵便局にもってゆく）今日は朝から二本原稿を書いて、この夕方から『婦人公論』にて対談だ（さっき外をみにいったら晴れていた）。ああ。一日がまばたきしているあいだに終わってしまう。なにごとだろう。終わったらみんなでお食事でもというお誘いも、しかし小説が山場であるから辞退して、帰ってから長編にもどるもどるだ。作業台のまわりに紙が積まれていろいろなことを思いださせるバランスを保ちながらじっとしてる。友達の猫の写真がおくられてきてかわいい。母親とあまり話してない。まるくなった靴下が子どものころみた卵みたい。フェルト遊び、それからシュシュもよく作ったお裁縫の記憶など。あ、いまはひさしぶりの四時、午後の四時、目をそらしつつでかける準備などせねばならない。もういちど顔を洗って、眼鏡をはずせば何も見えない。

＊ばらの顔

葉のうらにいたちいさな虫などかわいい。その虫がいったい何なのかわたしは知らないままです。しかし緑でかわいらしく、来日したレディー・ガガめいた感じもナイスだね。かたわらにはすごく咲いたばら。雨上がりに、なんだか話しかけてきそうじゃありませんか。しかし表情がいまいちどういう感じなのか、ちょっとわかりかねますね、と思ってみてたら、顔であって顔でなしのこの感じがだんだんこわくなってきた。

7月、登場

きのうはとつぜんに大雨が降り、わたしは銀座におりました。しかし建物の中にいたせいで雨には濡れず、空が白く面となって降りてくるのを高い場所からぼうっと見てた。ゆうべはひさしぶりにたくさん眠り、眠ったのに、あるいは眠ったせいなのか、いままたとてもすごく眠い。たったいまは午後一時半をまわったところ。わたしはこのあと三時に家を出て講談社へゆかねばならぬ。長丁場の打ち合わせ。おろろ。仕事山積。きのう久しぶりに母と話す。仕事がいそがしいと、気をつかって電話をかけてこなくなるので、きのうはわたしからかけてみた。声があかるく、わたしまであかるい気持ちになる。母が機嫌良く元気でいてくれると、なぜこんなにうれしいんだろう。ちゃんとしたホテルに泊まったことも、海外旅行にも行ったこともない母、もちろんそんなことはどうでもいいことだけれども、毎日働きづめで、自分のことを何もしてこなかった母に、わたしはこれから何だって、どんなことだってしてあげたい。眠るまえ、布団の中でこれから母にしてあげたいことを手帳に書いていると、色々な気持ちがこみあげる。ほんとうは父にも、してあげたい。入院している祖母に会いたいな。仕事、一生懸命がんばらねば。

あとがき

「発光地帯」の連載がつづいてなんと二冊目を刊行することになって、皆様ほんとうにありがとうございます。ふつう謝辞って最後に書くもののような気がするけれど、もうのっけからわたしはありがとうを言いたい気分で、ありがとうしか言いたくないし、あとがきで他に書くことってないような気もしていて、この本をかたちにすることができたのは読んでくれるあなたがいるからで、ふたたび心からのありがとうを皆様に。

いまは年が明けて二〇一二年とかになっちゃって人生は数ヶ月で恥ずかしいほどに思いきった変化をそれこそ一面では勝手にするものでもあって、わたしのお腹には六ヶ月の赤ん坊がいるってなそんな具合になっていて、今回、刊行にあたって編集作業ですべてを読み返してみると、文字とはいえ、文字だからか、けっこうしんどくけっこう切なく、過ぎゆくいっさいが誰の何に、何が誰に、絡まって、いっそ思い出の処理班を要請したくてもそんなのどこに電話すればいいのかわからないので、日々ふつうに生活することを積みかさねています。みんなもきっと、そうだよね。

日記は生きてる人のものを読むのもいなくなってしまった人のを読むのも、それから生きてる自分が書くのもやっぱりとてもすきで、厳密にいうとこの本は日記ではないけれど、でも自分の仕事のなかでもちがう光りかたをする枠のちからがこの連載にはありまして、それを少しでも愉しんでいただけたらうれしいです。

＊

連載のタイトル「発光地帯」はそのままに、でも二冊目が「発光地帯2」っていうのもいいんだけれど名づけ愛好家としてはせっかくの機会なので何やらもったいない感じもするから何かべつのにしようかと相談して、あれこれ考えたのだけれども、これまたすきなシャガールの絵のタイトル「魔法飛行」を拝借することになりました。どれくらい気に入ってるかというと過去につくった楽曲にも一度お借りしたことがあるくらいで、どうにもすてきでドリーミイで喪失とイノセンスとさよならがこの四文字にはきらめいていて、ひきつづきとても気に入っていますので、皆様も気に入っていただけるとふたたびとてもうれしいです。

さて、今回も前回にひきつづき、装幀は浜田武士さんにお世話になりました。しゅっとして（大阪弁では最高にクール、の意）、いつもすばらしいお仕事にため息つきつきです。

連載は読売新聞社の田中昌義さん、そして単行本化にあたっては中央公論新社の岡田育子さんにお世話になりました。今回も刊行が冬ですね。いつもほんとうにありがとう。励まし、ときにそっとし、たえず言葉をかけてくださって、いつも支えてくださっているみなさんに、心からの感謝を。

*

風が冷たくて部屋はあたたかくて、何かが終わって何かが始まって、悲しいとうれしいとそのほかのものを繰りかえして、やっぱりいまはふたたび冬です。元気ですか？ すごくじゃなくてもいいから、ちょっと元気だといいなって、あとがきを書くとき、顔は見えないし声も聞けないけど、きっといま、この文字を見てるあなたのことを思うと、いつもいつもそう思う。みんな、少し元気でね。

それぞれの冬の、たったひとつの冬の記念に。

二〇一二年一月四日

川上未映子

文庫版のためのあとがき

単行本が刊行されてから、もう三年がたった。少しまえなら、「たってしまった」と書いていたかもしれないけれど、今はもう、たった、たった、とすんなり書けてしまう。そう、うんと若いときや、まあまあ若かったとき、そしてまだ若いといえるかもしれなかったときには、時間がたつということにたいして、何でもない顔ができなかった。なんかこう、一言くらい言ってやらないと気が済まなかったというか、異議申し立てとまではいかなくても、そういう世界の巨大なルールにこっちは納得はしてませんよ、というような姿勢でいたいような、そんなあんばいだったのです。でも今はもうちがう。時間、たったよね、とぜんぜん素直に言えてしまう。また冬だよね。まったく笑顔で言えてしまう。そうか、時の流れに身をまかせ、っていうのはこういう言葉遣いの変化でもあったのか。まあ、あなたの色に染められはしなかったけれど。

『魔法飛行』はこのシリーズの二冊目で、読み返してみると、色々なことがあったんだなあと、これまた素直に思ってしまった。とくにおいしいもの、こだわりのあるものを食べることもなく（いちおう食のエッセイだったのに！）、どこかにでかけるというわけでもなく、基本的に家にいてずっと何かを見ていたり書いていたりするだけだから、出来事なんて何にもひとつも起こってないのに、でもやっぱり、色々なことがあったんだなあと思ってしまった。このとき、こう思ったことすごく覚えてる、とか、このときはまだ甘かったよな、とか、そうだ、この時期ってこういう文字の感じだった、とか。ぜんぶの文章にそれなりに匂いと色と、それから場所もたちあがる。

でもそれは、ここに書かれたことに多かれ少なかれ覚えがあって、それを書いた本人だからこそ発生する感応であって、そうではない読者のみなさんがこの日記とも記録ともエッセイともいえない散文をお読みになったとしたら、いったいどんな感想をお持ちになるのだろうかと思うと、なんだか心細くなって、うう、となってしまう。しかしわたしは、一冊目の『発光地帯』があなたの書いた本のなかでいっとう好き、とか、いつまでも読んでいたくなるよ、とか、言葉がいいよね、とか、過去にいただいた心あたたまるうれしいご感想をひとつ残らず頭に甦らせて胸に抱き抱き、こうして拙著が文庫本として生まれ変わるのを、やっぱり素直に喜びたいと思うのだった。みなさん、本当にありがとうございます。

文庫化に際しましては、中央公論新社の石川由美子さんに、そして装丁は、単行本のときからひきつづき、浜田武士さんにお世話になりました。有機的なものや概念がもっている儚さとつよさがあふれています。子どものころ、高熱がでると、まるでこの表紙みたいな夢ばっかりみていたこと、急に思いだしました。ありがとうございました。

いま、わたしは二〇一五年のはじめにいて、ハロー！　と叫んでみたい気持ちに一瞬だけなったけれど、叫べなかった。なぜ叫べなかったかについても、きっともう考えたりしないんじゃないかとそんなふうにも思うけど、でも考えなくてもまたいつか、ハロ―じゃなくても何の関係もない言葉を叫ぶときがくるかもしれないなとそう思う。べつに叫びだけが叫びじゃないし、叫びがなんだって話なんだけれど、でもなんだか最近は、叫ぶことばかりを思ってしまう。ふふ、欲求不満なんじゃないって笑われそうだけれど、そうかな、どうかな。でも、黙っていても、笑っていても、眠りに落ちようとするときも、やさしい誰かのやさしい話を聞いているときも、これ以上はないっていうくらい見事な夕日を見ているときも、はいてゆくスカートを選んでるときも、愛しているときも、叫んでるときってあったよね。叫んでるとき、あったよね。いまはもうなくなってしまったそのことを、すごくすごく思いだす。

最後になりましたが、読んでくれたあなたに、心からの感謝をこめて。

そして、あなたのなかにもあるかもしれない、あったかもしれない、すべての種類のちいさな叫びに。どうか、お元気で。

川上未映子

二〇一五年一月九日

『魔法飛行』二〇一二年二月一〇日　中央公論新社

中公文庫

魔《ま》法《ほう》飛《ひ》行《こう》

2015年 2 月25日　初版発行

著　者　川上《かわかみ》未《み》映《え》子《こ》

発行者　大 橋 善 光

発行所　中央公論新社
〒104-8320　東京都中央区京橋2-8-7
電話　販売 03-3563-1431　編集 03-3563-2039
URL http://www.chuko.co.jp/

ＤＴＰ　ハンズ・ミケ
印　刷　三晃印刷
製　本　小泉製本

Published by CHUOKORON-SHINSHA, INC.
Printed in Japan　ISBN978-4-12-206079-1 C1195

中公文庫既刊より

各書目の下段の数字はISBNコードです。978-4-12が省略してあります。

か-81-1
発光地帯　川上未映子
食、夢、別れ、記憶……何気ない日常が、川上未映子の言葉で肌触りを一新させる。心のひだに光を灯す、切なくも温かな人気エッセイシリーズ第1弾。
205904-7

い-110-1
良いおっぱい悪いおっぱい〔完全版〕　伊藤比呂美
一世を風靡したあの作品に、3人の子を産み育て、25年分の人生経験を積んでパワーアップした伊藤比呂美が大幅加筆！「やっと私の原点であると言い切ることができます」
205355-7

い-110-2
なにたべた？　伊藤比呂美＋枝元なほみ往復書簡　伊藤比呂美　枝元なほみ
詩人は二つの家庭を抱え、料理研究家は二人の男の間で揺れながら、どこへ行っても料理をつくっていた。二十年来の親友が交わす、おいしい往復書簡。
205431-8

い-110-3
おなか　ほっぺ　おしり〔完全版〕　伊藤比呂美
奔放な二児を抱え、若夫婦は仕事に家事に大奮闘。かっての自分を、三人の子を育てた二十五年後の比呂美さんが見つめる「完全版」シリーズ第二弾。〈解説〉佐野洋子
205568-1

た-15-6
富士日記（上）　武田百合子
夫泰淳と過ごした富士山麓での十三年間の日々を、澄明な目と天性の無垢な心で克明にとらえ天衣無縫な文体でうつし出した日記文学の傑作。田村俊子賞受賞作。
202841-8

た-15-7
富士日記（中）　武田百合子
天性の芸術者である著者が、一瞬一瞬の生を特異な感性でとらえ、また昭和期を代表する質実な生活をあますところなく克明に記録した日記文学の傑作。
202854-8

た-15-8
富士日記（下）　武田百合子
夫武田泰淳の取材旅行に同行したり口述筆記をする傍ら、特異の発想と表現の絶妙なハーモニーで暮らしの中の生を鮮明に浮き彫りにする。〈解説〉水上　勉
202873-9

た-15-4
犬が星見た ロシア旅行
武田百合子
生涯最後の旅を予感した夫武田泰淳とその友竹内好に同行し、旅中の出来事や風物を生き生きと捉え克明に描く。読売文学賞受賞作。〈解説〉色川武大
200894-6

た-15-5
日日雑記
武田百合子
天性の無垢な芸術者が、身辺の出来事や日日の想いを、時には繊細な感性で、時には大胆な発想で、心の赴くままに綴ったエッセイ集。〈解説〉巖谷國士
202796-1

た-28-15
ひよこのひとりごと 残るたのしみ
田辺聖子
他人はエライが自分もエライ。人生はその日その日の出来心――七十を迎えた「人生の達人」おせいさんが、年を重ねる愉しさ、味わい深さを綴るエッセイ集。
205174-4

た-28-16
たのしきわが家
田辺聖子
さまざまな夫婦の姿をあたたかく描き出す短篇集。「長年月にわたって夫婦を結びつけるのは男女の英知とやさしさである」（あとがきより）〈解説〉富岡多恵子
205352-6

た-28-17
夜の一ぱい
田辺聖子
浦西和彦 編
友と、夫と、重ねた杯の数々……。四十余年の長きに亘る酒とのつき合いを綴った、五十五本のエッセイを収録、酩酊必至のオリジナル文庫。〈解説〉浦西和彦
205890-3

は-58-1
暮しの眼鏡
花森安治
ミイハアを笑うものは、ミイハアに泣かされる。衣食住、風俗など、身近なできごとからユーモアとエスプリたっぷりに「世の中にもの申す」。〈解説〉松浦弥太郎
204977-2

む-4-3
中国行きのスロウ・ボート
村上春樹
1983年――友よ、ぼくらは時代の唄に出会う。中国人とのふとした出会いを通して青春の追憶と内なる魂の旅を描く表題作他六篇。著者初の短篇集。
202840-1

む-4-4
使いみちのない風景
村上春樹 文
稲越功一 写真
ふと甦る鮮烈な風景、その使いみちを僕らは知らない――作家と写真家が紡ぐ失われた風景の束の間の記憶。文庫版新収録の2エッセイ、カラー写真58点。
203210-1